Arena-Taschenbuch
Band 1025

D1720675

Sagt mal: Kennt ihr Agaton Sax? Wirklich nicht?
Also das ist ja kaum zu fassen! Agaton Sax ist
nicht nur Chefredakteur der bedeutenden Zeitung
»Byköpingpost«, sondern obendrein der scharf-
sinnigste Detektiv aller Zeiten! In dem Bändchen
»Agaton Sax der Meisterdetektiv« schildert uns
Nils-Olof Franzén zwei Fälle: »Die Atom-Cola-AG«
und »Die Diamantendiebe«. Wer das liest, der
macht sich einen spannenden und zugleich ver-
gnügten Abend, denn zu lachen und zu schmun-
zeln gibt es genug in diesem ungewöhnlichen
Krimi.   Nordpress, Hamburg

Nils-Olof Franzén

Agaton Sax
der Meisterdetektiv

Agaton Sax
und die Atom-Cola-AG

Agaton Sax
und die Diamantendiebe

Auf der Bestliste
zum Deutschen Jugendbuchpreis

Arena

5. Auflage als Arena-Taschenbuch 1976
Ungekürzte Lizenzausgabe mit Genehmigung
des Verlages Carl Ueberreuter, Wien
© 1963 by Verlag Carl Ueberreuter, Wien
Aus dem Schwedischen übertragen von Tabitha von Bonin
Bilder auf Seite 2 und 6: Ake Lewerth
Umschlaggestaltung: Marie-Mathilde von Thüngen
Gesamtherstellung: Richterdruck Würzburg
ISBN 3 401 01025 5

Inhalt

AGATON SAX

ERKENNUNGSSERIE

NACH DER BERÜHMTEN ÄHNLICHKEITSSKALA

DES KRIMINOLOGEN

PROFESSOR BUSCHENSCHNÜPFER

gewöhnliches Aussehen

Böse

Froh (Warnung)

Verbissen

Überlegen

Kurz vor dem Ziel

Profil

Schräg von hinten

Schräg von vorne

Von oben

ganze Figur

Schräg von oben

Erstes Buch

Agaton Sax
und die Atom-Cola-AG

In der Nacht vom 16. zum 17. August hatte der Chefredakteur der weltberühmten Zeitung »Byköpingpost«, Agaton Sax, einen merkwürdigen, unheimlichen Traum.

Er träumte, daß er aufgewacht sei und sich in seinem Bett aufgerichtet hätte. Irgend etwas Unerklärliches hatte ihn geweckt. Irgend etwas, das in der Nacht nicht vorkommen durfte, aber dennoch da war. Was konnte das nur sein? Er lauschte. Am Fußende schlief der außergewöhnlich kluge Dackel Tickie. Ein leises Klappern erfüllte das dunkle und sonst schweigende Haus und versetzte Agaton Sax in Staunen und Bestürzung. Er zündete die Leselampe an. Das muß ich untersuchen, dachte er. Rasch zog er seinen brosnischen Schlafrock an, ein Geschenk des Polizeipräsidenten Debile, und schlüpfte in die wunderschön gemusterten merzegowinischen Pantoffeln aus Hundewolle – ein Geschenk des obersten Detektivinspektors der Merzegowina.

Vorsichtig öffnete er die Tür. Die Treppe, die zur Redaktion hinunterführte, war völlig dunkel. Er nahm eine Taschenlampe und ging mit leisen, aber entschlossenen Schritten die Stiegen hinab. Er, der den schlauesten und rücksichtslosesten Verbrechern Europas in fremden Ländern unter größten Gefahren getrotzt hatte, empfand nun, in dieser nächtlichen Stunde im Haus der Byköpingpost, eine bisher ungekannte Beklemmung. Vor der Tür zur Setzerei angelangt, zögerte er einen Augenblick. Doch dann öffnete er mit fester Hand die Tür zu jenem Raum, in dem seine geistigen Leistungen täglich mit der Setzmaschine festgehalten wurden. Er sandte mit seiner Taschenlampe einen scharfen Lichtstrahl in das dunkle Zimmer. Dort! – – – Nein! Dort! – – – Nein! – – Dort!

Das Klappern war verstummt, und alles blieb so unheimlich still, daß Agaton Sax seinen eigenen Herzschlag hörte. Der Lichtkegel fiel auf die große Setzmaschine. Agaton Sax umklammerte die Taschenlampe fester. Dort, neben der Setzmaschine, stand eine dunkle Gestalt, die sich aufrichtete und Agaton Sax unbeweglich anstarrte. Der Fremde hatte eine schwarze Maske vor dem Gesicht.

»Wer sind Sie?« fragte Agaton Sax mit ruhiger und fester Stimme.

Der Mann blieb stumm.

»Antworten Sie!« befahl Agaton Sax jetzt noch energischer und ging mit entschlossenen Schritten auf ihn zu. In diesem Augenblick wurde ihm die Taschenlampe aus der Hand geschlagen, und er spürte, daß eine Gestalt im Dunkeln an ihm vorbeilief. Er bückte sich, um die erloschene Taschenlampe aufzuheben, konnte sie aber nicht finden. Rasch eilte er zur Tür, um den Einbrecher zu fassen, in der Eile strauchelte er jedoch, fiel über die Schwelle und blieb auf der Treppe liegen. Betäubt von dem Sturz, versuchte er sich aufzurichten, sank aber ohnmächtig auf den Fußboden zurück. Er hatte das Gefühl, daß sich jemand von gorillaähnlichem Aussehen, mit einer schwarzen Maske vor den Augen, über ihn beugte und sich mit satanischem Grinsen seiner Taschenlampe bemächtigte.

Als Agaton Sax in seinem Bett erwachte, schien die Morgensonne hell in sein Zimmer. Er hatte entsetzliche Kopfschmerzen. Merkwürdig, dachte er, habe ich das alles nur geträumt oder ist es tatsächlich passiert? Doch in seinem Schlafzimmer war alles unverändert. Er ging in die Setzerei hinunter, und seine spähenden Augen suchten nach Spuren des nächtlichen Geschehens. Doch sie fanden nichts. So begab er sich wieder in sein Schlafzimmer zurück. Als er sich auf das Bett setzte, erblickte er die Taschenlampe auf dem Nachttisch und zuckte mit den Schultern. Unmöglich, dachte er, das Ganze war nur ein Traum. Er reckte und streckte sich und öffnete das Fenster. Es war Freitag, sieben Uhr früh. Jeden Donnerstag steckte Agaton Sax seine kleine

Freitagspfeife in die Tasche seines Schlafrockes, damit er sie am nächsten Tag sofort fände. Er griff mit der Hand in die Tasche, um die Pfeife herauszunehmen.

Da umschlossen seine Finger ein Stück Papier, das sich in der Tasche befand. Erstaunt betrachtete er den Zettel. Was mag das sein? dachte er und entfaltete das Blatt. Mit zunehmendem Erstaunen las er:

> *Herr Sax! Wir beobachten Sie! Eines*
> *Tages gehen Sie zu weit! Dann wehe*
> *Ihnen!   Die Unbekannten*

Diese Worte waren auf Agatons eigener Setzmaschine geschrieben und mit seiner eigenen Druckpresse auf dem Papier der Byköpingpost gedruckt. Dies war bestimmt kein Traum. Langsam ließ Agaton Sax die Hand sinken. Mit eiskalter Ruhe überdachte er die Ereignisse der vergangenen Nacht. Nun wußte er, daß er von dem Sturz betäubt gewesen war und daß ihn die Einbrecher in sein Zimmer getragen und auf das Bett gelegt hatten.

In internationalen Verbrecherkreisen existieren für ihn Hunderte von Feinden: Falschmünzer, Schmuggler und Dokumentenfälscher, von denen viele bereits erbebten, wenn sein Name genannt wurde. Die »Unbekannten« konnten also zu den noch nicht verhafteten internationalen Großverbrechern gehören oder zu irgendwelchen ihrer schwedischen Helfershelfer. Langsam zündete Agaton Sax seine kurze Freitagspfeife an. Dann ging er wieder in die Setzerei hinunter und nahm eine genaue Untersuchung von Fußboden, Wänden, Setzmaschinen, Türen und Schwellen vor. Auf den Tasten der Setzmaschine waren keine Fingerabdrücke festzustellen. Er fand lediglich zwei Haare und zwei Fäden, die er einer genauen chemischen Analyse unterzog. Das Ergebnis konnte jedoch nur als negativ bezeichnet werden. Während sich sein Gehirn intensiv mit diesem Problem beschäftigte und die Sommerbrise sanft ins Zimmer strich, sah er die Telegramme durch, die gestern aus aller Welt eingegangen waren. Doch es befand sich nichts darunter, was für seine Zeitung interessant gewesen wäre; so beschloß er, einen kleinen Rundgang zu machen. In diesem Augenblick klingelte es.

»Ein Telegramm für den Chefredakteur!«

Mit geübter Hand riß Agaton Sax das Telegramm auf und las es sehr genau durch. Es war in brosnischer Sprache abgefaßt.

> AGATON SAX, BYKÖPING
> HÜTEN SIE SICH VOR ATOM-
> COLA-AG STOP VERLASSEN SIE
> SICH NICHT AUF DIESE AKTIEN-
> GESELLSCHAFT STOP VERFOL-
> GEN SIE IHRE UNTERNEHMUN-
> GEN STOP
> IHR FREUND ANDREAS KARK

War es denn möglich, daß Andreas Kark, dieser harmlose Grundstoffumwandler in Brosniens Hauptstadt Massovotsjisjij, der Mann mit dem Stahlschuh, tatsächlich dieses sinnlose um nicht zu sagen lächerliche Telegramm abgeschickt hatte? Agaton Sax grübelte über diese Frage nach. Hier mußte ein Irrtum vorliegen. Oder eine Falle, ein Komplott. Schnell sandte er folgendes Antworttelegramm ab:

> ANDREAS KARK, MASSOVOTSJISJIJ
> ERBITTE AUFKLÄRUNG DES TELE-
> GRAMMES   AGATON SAX

Dann machte er einen Spaziergang mit Tickie. Es war ein schöner Sommertag, doch Agaton Sax merkte nichts davon, weil er völlig in Gedanken versunken war. In seiner Geistesabwesenheit betrat er ohne Grund das Kurzwarengeschäft von Matilda Sjöblom. Mit verwirrter, aber immer noch eleganter Bewegung zog er seinen Hut, wünschte einen schönen guten Morgen und verließ den Laden.

Vier Stunden später kam wieder ein Telegramm. Hastig riß er es auf.

> AGATON SAX, BYKÖPING
> VERTRAUEN SIE AUF MEINE

FREUNDSCHAFT STOP ICH
WARNE NOCH EINMAL AUS-
DRÜCKLICH VOR DER GEFÄHR-
LICHEN ATOM-COLA-AG STOP
NÄHERE EINZELHEITEN FOL-
GEN SCHNELLSTENS
IHR FREUND ANDREAS KARK

Kein Zweifel, dachte Agaton Sax, Andreas Kark
hatte tatsächlich die beiden Telegramme geschickt. Ob
ein Zusammenhang zwischen den »Unbekannten« und
Andreas Karks Warnung bestand? Er hegte die größte
Hochachtung für Andreas Kark, diesen tüchtigen, brosnischen Handwerker, der ihm geholfen hatte, Anaxagoras Frank und seine Bande unschädlich zu machen.
Was bahnt sich hier an, fragte sich Agaton Sax. Er
beschloß, diesem Problem den ganzen Nachmittag zu
widmen.

Doch zuerst mußte er zum Polizisten Antonsson
gehen, um sich wegen der zwei eingeschlagenen Fenster-
scheiben eines Sommerhauses zu erkundigen. Der Polizist
Antonsson, ein äußerst ehrenwerter Mann, besaß wohl
nicht Agatons große Kenntnis von Verbrechen und Verbrechern, doch er spürte in ausgezeichneter Weise kleine
Gesetzesübertretungen auf, von denen nicht einmal Byköping verschont blieb. Er war ein großer, hagerer
Mann mit einem langen, schmalen Gesicht. Als Agaton
Sax anklopfte, wollte er gerade seinen Bericht über das
vergangene Halbjahr abschließen.

»Es freut mich, Sie zu sehen«, sagte er und erhob
sich. Doch das Lächeln erstarrte auf seinen Lippen,
denn Agaton Sax blickte ihn durchdringend an in einer
Weise, wie man alles andere eher als Polizisten anzu-
sehen pflegt. Zu seiner grenzenlosen Verblüffung hatte
er festgestellt, daß der Polizist Antonsson eine helle
Stoffmütze mit breitem Schirm trug, über dem in großen
Buchstaben prangte: ATOM-COLA-AG.

Die beiden Männer musterten sich einen Augenblick.
Dann wußte der Polizist, was los war, denn plötzlich

stieg ihm eine Röte in die Wangen, und er murmelte:
»Ach, jetzt weiß ich ... die Mütze ... Sie wundern sich, Herr Redakteur, warum ich...«

Agaton Sax fixierte ihn scharf. Konnte es möglich sein, daß der Polizist etwas mit dieser gefährlichen Bande zu tun hatte?

»Ein Scherz«, erklärte Antonsson beschämt und wurde noch röter.

»Ein Scherz?«

»Ja. Die Mütze lag auf der Straße. Und da habe ich sie aufgehoben.«

»Aber wie kommt sie denn...?«

»Das weiß ich nicht. Sicher irgendeine Reklame.«

Agaton Sax zuckte mit den Schultern und fragte, was er sich vorgenommen hatte, während Antonsson die Mütze abnahm und in ein Schreibtischfach legte.

Als Agaton Sax auf die Straße trat, stieß er mit dem Aufsichtsbeamten Johansson zusammen.

»Oh, Verzeihung«, sagte der Aufsichtsbeamte und legte seine Hand an die Mütze. Höflich zog Agaton Sax seine Melone. Doch sein Arm blieb vor Staunen ausgestreckt, und er setzte seinen Hut nicht sogleich wieder auf; denn auch der Aufsichtsbeamte Johansson trug eine Mütze mit der Aufschrift ATOM-COLA-AG.

Energisch bohrte der Redakteur seinen Stock in den Boden und eilte weiter. Auf seinem kurzen Weg zur Redaktion traf er nicht weniger als drei Personen mit einer solchen gräßlichen und lächerlichen Kopfbedeckung. Er wischte sich die Stirn, denn es war heiß. Als er über den Marktplatz ging, kam der hunderteinjährige Per Emanuelsson dahergehumpelt.

»Guten Morgen, Onkel Emanuelsson«, grüßte Agaton Sax sehr höflich. Er betrachtete den Greis und fuhr dann freundlich fort: »Wo haben Sie denn diese hübsche, weiße Schirmmütze gekauft?«

»Gekauft? Die hab' ich geschenkt bekommen. Vom Tabak-Pettersson.« Sie wechselten noch ein paar Worte, dann ging Agaton Sax in Petterssons Tabakladen.

»Guten Morgen, Herr Chefredakteur«, grüßte der Tabakhändler. »Womit kann ich heute dienen?«

»Fünfhundert Pfeifenreiniger.«

»Gern. Darf ich Ihnen vielleicht ein kleines Geschenk anbieten, eine schöne Schirmmütze, die Sie vor der Sonne schützt?«

»Nein, danke sehr«, antwortete Agaton nicht ohne gewisse Schärfe.

»Warum denn nicht?« fragte der Tabakhändler enttäuscht.

»Woher kommen diese Mützen?« fragte Agaton Sax mit gutgespielter Gleichgültigkeit.

»Sie werden von einer neugegründeten Aktiengesellschaft verteilt.«

»Verteilt die Aktiengesellschaft nur Mützen und kein Cola?«

»Die Mützenpartie ist heute gekommen. Die Colapartie soll morgen eintreffen. Sechs Öre pro Stück.«

»Woher kommen sie denn?«

»Aus Stockholm.«

Agaton Sax nickte. Dann fügte er hinzu:

»Ich frage selbstverständlich nur als Pressemann.«

»Klar, Herr Chefredakteur. Das würde eine ausgezeichnete Reklame sein, wenn Sie in der Byköpingpost darüber schreiben wollen.«

»Nein«, wehrte Agaton Sax scharf ab, »in meiner Zeitung gibt es keine Reklame. Aber ich interessiere mich für alle Neuigkeiten. Wissen Sie noch mehr über diese Aktiengesellschaft?«

Herr Pettersson holte einen Prospekt unter dem Tisch hervor, auf dem mit großen Buchstaben stand:

ATOM-COLA-AG
DER GRÖSSTE KONZERN DER WELT
DAS BESTE COLA DER WELT

Eine Adresse war nicht angegeben.

»Hat Sie irgendein Agent aufgesucht?«

»Gewiß. Zwei Ausländer.«

»So, Ausländer? Sind Sie noch in der Stadt?«

»Ich glaube schon. Sie wohnten in Algotssons Hospiz für Reisende.«

Agaton Sax lüftete seine Melone, und zwei Minuten später befand er sich bereits bei Frau Algotsson, die ihn ebenfalls mit der bekannten Schirmmütze auf dem Kopf empfing.

»Ich komme, um Sie zu interviewen«, begann Agaton Sax.

»Aber liebster, bester Herr Redakteur, *ich* habe doch nichts zu berichten!«

Agaton Sax entgegnete mit vollendeter Höflichkeit:

»Natürlich haben Sie mir etwas zu berichten. Über zwei Ausländer zum Beispiel.«

»Oh, Herr Redakteur, Sie meinen Mass und Moss!«

»Mass und Moss?«

»Ja, ich mußte sie so nennen, sie hatten nämlich so lange, komische Namen.«

»Sie *hatten*?«

»Ja, sie hatten. Sie sind nämlich bereits abgereist.«

»Wann denn?« fragte Agaton Sax.

»Heute früh um sieben Uhr. Sie hatten es sehr eilig.«

»Darf ich einmal ihre Anmeldescheine sehen?«

Frau Algotsson, die etwas unruhig geworden war, holte die polizeilichen Anmeldescheine, und Agaton Sax las: *Aristido Massacussetti, 14, Petticoat Lane, London. Hilario Mossomeno, 14, Petticoat Lane, London.*

Schnell prägte er sich Namen und Adresse ein, ließ sich die beiden Männer sehr genau beschreiben und verabschiedete sich eilig von Frau Algotsson. Auf dem Heimweg traf er ungefähr zehn Personen, die alle die ihm so verhaßte Schirmmütze trugen. Sie schienen glücklich über dieses Geschenk zu sein und wußten nicht, welche Gedanken Agaton Sax in diesem Augenblick bewegten. Auf seinem Schreibtisch lag wieder ein Telegramm. Hastig riß er es auf.

AGATON SAX, BYKÖPING
BESCHATTEN SIE WENN MÖG-

LICH ZWEI MÄNNER MASSACUS-
SETTI UND MOSSOMENO STOP
SIE SIND AGENTEN EINER NEU-
EN BANDE MIT SITZ IN LONDON
STOP HABE SIE AUFGESPÜRT
STOP TREFFEN SIE MICH BOB-
BINGTON LANE NR. 16, IM KEL-
LER, AM SONNTAG, DEN 19., UM
20.15 UHR.

IHR FREUND ANDREAS KARK

»Großartig, dieser Andreas Kark«, murmelte Agaton
Sax gerührt. Er warf einen Blick auf seine Armbanduhr.
Sie zeigte 16.15 Uhr. Er trat an das Fenster. Viele
Bewohner von Byköping gingen auf dem Marktplatz
spazieren, und überall herrschten Ruhe und Frieden.
Mit unbeweglichem Gesicht betrachtete Agaton Sax
dieses Bild. Welche schicksalsschwere Neuigkeit hätte er
auf die Leute von Byköping hinabschleudern können,
die nichts von den fürchterlichen Mächten ahnten, die
sich in London, in Byköping und überall regten! Doch
Agaton Sax schwieg. Ruhig und entschlossen hob er den
Hörer vom Telephon und bestellte eine Flugkarte nach
London.

Agaton Sax liebte London. Darum nahm er, als er aus dem Flugzeug stieg, mit doppelter Freude den Kampf gegen die Verbrecherbande auf, die in dieser vornehmen Stadt ihr Unwesen trieb.

Noch hatte er einen ganzen Tag vor sich, ehe er Andreas Kark treffen sollte. Zunächst wollte er Petticoat Lane Nr. 14 aufsuchen, wo Massacussetti und Mossomeno wohnten. Doch die Adresse war falsch, und Agaton Sax wunderte sich keineswegs darüber.

Sonntag nachmittags ging er in den Hyde-Park. Er hatte schon viele Volksredner gehört, doch fand er ihre Vorträge immer wieder interessant. Wider Erwarten regnete es an diesem Nachmittag in London nicht. Um jeden Sprecher hatten sich an die zwanzig Hörer geschart. Agaton Sax wählte einen, den er für einen leidlichen Redner hielt. Ein untersetzter Mann mit roten Haaren sprach eindringlich und überzeugend über *Die vernichtende Wirkung des Autofahrens auf die menschliche Hirnsubstanz*. Er hob den Arm, deutete auf den Straßenverkehr und rief:

»Dieser Wahnsinn muß ein Ende haben! Täglich wird die Hirnsubstanz von Millionen Menschen, die auf den Straßen dahinbrausen, geschüttelt, vermischt und deformiert!«

Er schwieg, rot vor Aufregung und von seinen eigenen Worten erschüttert.

Ein weißhaariger Gentleman unter den Zuhörern rief dem Redner zu: »*Ihr* Gehirn vielleicht – meines aber bestimmt nicht!«

»So? Sie sind also Autofahrer?«

»Ja! Und dazu noch Arzt!«

Der Redner schwieg. Es schien ihm unbehaglich zumute zu werden. »Ich verbeuge mich vor jedem Arzt«, erwiderte er sodann und neigte sich so tief, daß ihm der Hut vom Kopf fiel. Langsam hatte sich Agaton Sax dem Redner genähert. Als er den vermeintlichen Hut auf dem Boden liegen sah, erkannte er, daß es eine Mütze war, die der Redner verkehrt aufgesetzt hatte, so daß Agaton Sax den Schirm nicht gesehen hatte. Jetzt aber erblickte er ihn – und die bekannte Aufschrift. Er stand wie versteinert.

Wie im Traum beobachtete er, daß ein junger Mann die Mütze aufhob und dem Redner reichte, der sie wieder verkehrt aufsetzte. Nein, es war kein Irrtum. Agaton Sax hatte richtig gesehen. Er blieb stehen und starrte auf die Kopfbedeckung, während der Redner und der Arzt in immer lebhaftere Auseinandersetzung – unterstützt von der ständig wachsenden Zuhörerschaft – gerieten.

Agaton Sax sah auf die Uhr. In knapp zwei Stunden sollte er Andreas Kark treffen. Er durfte den Mützenträger jedoch nicht aus den Augen lassen, diesen scheinbar ungefährlichen Mann, der offensichtlich der gefürchteten Bande angehörte. Als alle Zuhörer fortgegangen waren, faßte Agaton Sax einen kühnen Entschluß und rief:

»Herr Redner! Ich bin ganz Ihrer Meinung! Diskutieren Sie nicht länger mit diesem hartnäckigen Arzt. Kommen Sie mit mir, ich werde Ihnen beweisen, daß Sie recht haben!«

»Großartig, Sir«, freute sich der Redner und sprang von seiner Kiste herunter. Der Arzt warf ihm und Agaton Sax einen verächtlichen Blick zu.

»Kommen Sie, ich lade Sie zu einer Tasse Tee ein«, sagte Agaton Sax. »Wo wohnen Sie?«

»Ganz in der Nähe.«

Sie gingen in eine entlegene, unheimliche Gasse und drängten sich dort in das verrauchte Café »Zum runden Käse«. Während Agaton Sax lebhaft seinen Standpunkt hinsichtlich der Gefahren des Autofahrens für die Gehirnwindungen auseinandersetzte, betrachtete er mit gespannter Aufmerksamkeit seinen neuen Bekannten, der sich Popps nannte. Er hatte eine Glatze, ein glattrasiertes Kinn und, wie gesagt, einen roten Haarkranz.

»Wie nett, daß Sie derselben Meinung sind wie ich«, sagte er nachdenklich und blickte Agaton Sax forschend an.

»Ja«, antwortete dieser ruhig, »wirklich nett. Beschäftigen Sie sich schon lange mit dieser Forschung?« fragte er so nebenbei.

»Ja, seit siebenundzwanzig Jahren.«

»Das ist ja sehr interessant. Und können Sie davon leben?«

»Eigentlich nicht.«

Agaton Sax nickte. Popps Blick wanderte zur Tür und blieb dann irgendwo starr haften. Mit einer gewissen Unruhe stellte Agaton Sax fest, daß ihm die Gäste im »Runden Käse« nicht gefielen. An der Bar lümmelten einige unheimliche Gestalten, die ihn unentwegt anstarrten.

»Hier in England gibt es gutes Cola«, meinte Agaton Sax und zog an seiner Zigarre.

»Cola? Ja, wir haben hier sehr gutes Cola.«

»Gibt es hier viele Cola-Fabriken?« fragte Agaton Sax.

»Natürlich.«

Sie tranken ihren Tee aus.

»Und Sie – Sie sind kein Engländer?« erkundigte sich Popps über seine Teetasse hinweg.

»Nein, ich bin Schwede. Ich reise in Cola.«

»Ach so!« Popps starrte gespannt auf die Tür. Agaton Sax ließ seine Zigarette fallen, um Gelegenheit zu haben, sich zu bücken und dabei heimlich zum Ausgang zu blicken.

»Sie haben aber eine schöne Mütze«, meinte Agaton Sax dann freundlich.

»Ja, nicht wahr?«

»Wissen Sie, was darauf steht«, fragte Agaton Sax ebenso freundlich wie zuvor.

Da verschluckte sich Popps beim Teetrinken. Er war plötzlich sehr blaß geworden und sagte leise:

»Was wollen Sie eigentlich von mir?«

Nun wußte Agaton Sax, daß er Herr der Lage war.

»Raten Sie!« antwortete er leichthin.

»Ich schwöre Ihnen, daß das nicht zutrifft, was Sie vermuten!« flüsterte Popps eindringlich. »Ich habe sie gefunden!«

»Wo denn?« fragte Agaton Sax.

»In einer Mülltonne.«

»Die Adresse?«

»Welche?«

»Die von der Mülltonne!«

»Puddington Square Nr. 4.«

Agaton Sax überlegte fieberhaft. Innerhalb von wenigen Sekunden war er sich klar darüber, daß Popps die Wahrheit sprach, und bat:

»Führen Sie mich sofort dorthin. Sie können damit der Polizei behilflich sein!«

»Aber ich will nicht in gesetzwidrige Geschäfte verwickelt werden!«

»Sie brauchen keine Angst zu haben!«

Agaton Sax zahlte und schleppte den erschrockenen und widerstrebenden Popps mit sich.

Puddington Square Nr. 4 ist eines von jenen Häusern, die leider nie abgerissen werden. Im Hofe des Gebäudes befand sich eine große Mülltonne. Die beiden Männer blickten hinein. Da lag eine weiße Mütze.

»Ausgezeichnet«, knurrte Agaton Sax. Popps starrte ihn an.

»Sind Sie nun zufrieden?« fragte er zögernd.

»Außerordentlich.«

Popps seufzte erleichtert auf und fragte: »Kann ich jetzt gehen?«

Agaton Sax fixierte ihn scharf, aber nicht unfreundlich. »Natürlich, wenn Sie wollen. Doch Sie könnten der Menschheit einen unschätzbaren Dienst erweisen.«

Popps schüttelte den Kopf.

»Man sollte sich von solchen Dingen fernhalten.«

»Wo wohnen Sie?«

»Vier Häuser weiter, auf Nummer 12.«

»Kann ich Ihnen die Mütze abkaufen?«

»Abkaufen?« Popps starrte ihn an. Dann zeigte er auf die Mülltonne. »Warum nehmen Sie denn nicht diese da?«

»Ich möchte Ihre Mütze kaufen. Sind Sie mit einem Pfund einverstanden?«

Popps war sofort damit einverstanden und kehrte barhäuptig in seine bescheidene Wohnung zurück.

Inzwischen war es halb acht geworden. Agaton Sax verstaute die Mütze in seiner Tasche, ging zu einer Bank in einem nahegelegenen Park und zündete seine Pfeife an. Er dachte über alles nach, was er erlebt hatte, und beobachtete dabei genau das Haus Puddington Square Nr. 4. In seinem Gehirn ordneten sich die Gedanken in tadelloser Logik. Einmal runzelte er die Brauen – ein Zeichen dafür, daß er sich mit einem besonders schwierigen Problem befaßte. Bald sah er die ganze Sachlage klar vor sich. Er ging zum nächsten Postamt, schickte ein Telegramm ab und rief dann ein Taxi herbei.

»Bobbington Lane Nr. 16!«

Eine Viertelstunde später war er da. Hier also sollte er seinen Freund Andreas Kark treffen. Das Haus sah alt und baufällig aus. Er ging in den Hof hinein. Die Kellertür stand offen. Er lauschte auf der Treppe. Alles war still. Er stieg die abgenutzten Stiegen in den Keller hinunter, und undurchdringliches Dunkel umgab ihn. Er knipste seine starke Taschenlampe an, deren Schein auf die verschimmelten, rohen Steinwände fiel. In einer Ecke stand eine alte verrostete Notenpresse und eine Tonne. In einer anderen Ecke lehnten ein paar brüchige, gefälschte Gemälde. Handschellen, Brecheisen, Dietriche und falsche Tausendpfundnoten waren auf dem Erdboden verstreut.

Nachdem Agaton Sax alles untersucht hatte, zog er seine Reservetaschenlampe hervor, die er immer bei sich trug, legte sie angeknipst auf einen kleinen Tisch, der ganz hinten in einer Ecke stand. Dann eilte er wieder die Treppe hinauf und stellte sich hinter die geöffnete Kellertür, so daß er den Lampenschein sehen konnte, selbst aber von jemand, der die Treppe hinunterging, nicht bemerkt wurde. Dann lief er zur nächsten Telephonzelle, wählte eine Nummer und kehrte wieder in sein Versteck zurück.

Fünf Minuten nach halb neun hörte er Schritte im Hof. Er atmete tief. Jetzt hing alles von seiner Konzentration ab. Die Schritte näherten sich, und eine Taschenlampe wurde angeknipst. Agaton Sax hörte ein paar gedämpfte Stimmen und drückte sich an die Wand. Einen Augenblick blieb alles still.

Dann hörte man aus dem Keller eine in brosnischer Sprache geflüsterte Frage.

»An Kark-Dreas ant arakonnassantori?« (Sind Sie es, Andreas Kark?)

Der Mann, der in der Tür stand, zögerte einen Augenblick. Dann antwortete jemand in brosnischer Sprache:

»Ja, ich bin es, Andreas Kark.«

»Gut«, flüsterte die Stimme aus dem Keller, »ich bin Agaton Sax. Gut, daß Sie hier sind. Können Sie meine Taschenlampe da unten sehen?«

»Ja.«

»In Ordnung. Kommen Sie herunter.«

Ein Mann wurde jetzt in der Türöffnung sichtbar. Er zögerte einen Augenblick. Dann stieg er die Treppe hinab. Doch nun erschien noch ein Mann, dann ein dritter und ein vierter. Insgesamt waren fünf Männer aus dem Dunkel aufgetaucht und gingen die Treppe hinunter.

»Hier ist er!« rief einer.

»Nein, hier!«

»Er hat die Taschenlampe angeknipst!«

»Ich habe ihn!«

»Wo denn?«

»Hier in der Notenpresse!«

»Du Vollidiot! Das bin doch ich!«

»Hier! In der Tonne!«

»Schnell! Fesselt ihn!«

»Hilfe!«

»Aufhören! Laßt mich aus der Tonne heraus! Ich bin ja nicht Agaton Sax!«

»Wo ist er denn?«

»Ich habe ihn eben gefesselt!«

»Du trampelst ja auf meiner Schulter herum!«

»Hilfe, man hat mich gefesselt!«

Behaglich lauschte Agaton Sax auf das Stimmengewirr, das von den feuchten Kellerwänden widerhallte. Dann glitt er rasch durch die Tür hinaus, schlug sie hinter sich zu und versperrte sie. Im Keller wurde es still. Dann hörte man, wie die Männer die Treppen hinaufliefen. Sie versuchten, die Türe gewaltsam zu öffnen, doch vergeblich. Mit Genugtuung horchte Agaton Sax auf ihre wütenden Flüche, während er sich im Hof versteckte.

Einige Minuten später kam ein Polizeiwagen. Fünf Polizisten sprangen heraus, brachen die Tür auf, legten den Männern Handschellen an und brachten sie auf die Polizeiwache in der Studd-Street.

Agaton Sax rieb sich die Hände. Alles war planmäßig gegangen, sogar die Polizei war auf seinen anonymen Anruf hin erschienen. Ungesehen begab er sich nach Puddington Square Nr. 4. Vorsichtig lugte er nach allen Seiten: Es blieb ruhig und still. Plötzlich kam ein zerlumpter Mann aus dem Tor und eilte raschen Schrittes fort. Nun ging Agaton Sax in den Hof. In der Mülltonne lag die leuchtend weiße Mütze. Nur zwei übereinanderliegende Wohnungen waren noch beleuchtet. Agaton blickte die Wand hinauf, und sein Entschluß stand rasch fest: Behend und leise kletterte er die Feuerleiter hinauf und guckte durch die erhellten Fenster eines Zimmers im zweiten Stockwerk. An einem Tisch saßen zwei Polizeibeamte und beschäftigten sich mit einem Spiel, das an »Meine Tante – deine Tante« erinnerte.

Schweigend betrachtete sie Agaton Sax, dann kletterte er unbemerkt weiter. Vorsichtig blickte er in das einen Stock höher gelegene, halb geöffnete Fenster. Die Gardinen waren zur Seite geschoben, und Stimmen drangen in das Abenddunkel. Was er jetzt sah und hörte, übertraf seine Erwartungen und Befürchtungen bei weitem.

Um einen runden Tisch saßen sechs Männer. Sechs andere standen an den Wänden. Eine derartige Ansammlung von Verbrechern kann sich nur eine krankhafte Phantasie vorstellen. An dem Tisch saß Professor Mosca, der weltberühmte Fälscher und Fachmann der grälischen Sprache, vor ungefähr zwei Jahren von Agaton Sax gestellt und gefangengenommen, jedoch offenbar ausgerückt und jetzt wieder in Freiheit. Ihm gegenüber befand sich Professor Anaxagoras Frank, in der zivilisierten Welt genauso berüchtigt wegen seiner Liga für lautlosen Sprengstoff. Auch ihn hatte Agaton Sax in Gefangenschaft gebracht, doch er war ebenfalls geflohen und nun wieder in Freiheit.

Man kann sich denken, mit welcher Verbitterung Agaton Sax diese Bekannten wiedersah! Welch eine Meinung mußte er von den Aufsichtsorganen der englischen Gefängnisse haben, die solche Personen so schlecht bewacht hatten! Am meisten jedoch ärgerte ihn, daß Scotland Yard ihre Flucht geheimgehalten hatte, vielleicht in der Hoffnung, sie dadurch leichter wieder einfangen zu können. Gleich danach erkannte Agaton Sax auch noch einige Männer am Tisch. Dort saß der Franzose Eustache-Emile Bouchardieu de Clignancourt, Spezialist für das Knacken der Safes französischer Staatsbanken. Dann sah er noch den Holländer Heuss van Krochenklemmiger, verabschiedeter Kriminaloberassistent und darum ein äußerst geschickter und gefährlicher Bekämpfer der Polizei. Sein Nachbar war der Spanier Junan Ferez y Hannibal y Cortez Mendosa, ein sehr unangenehmer Falschspieler, der die Spielbank von Monte Carlo bereits mehrere Male gesprengt hatte.

Professor Mosca schlug als Vorsitzender mit dem Hammer – eigentlich ein Brecheisen mit Elfenbeingriff – auf den Tisch. Wegen des feierlichen Anlasses trug er seinen langen, wogenden Professorenbart und sein schwarzes Käppchen.

»Meine Herren«, sagte er, »der große Augenblick ist gekommen. Sind wir uns alle einig?«

»Ja!«

»Gut. Ich lese also den Gesellschaftsvertrag der neugebildeten Aktiengesellschaft vor.«

Er ergriff einen großen Bogen und las:

Aktiengesellschaft
zur Bekämpfung von Agaton Sax und der Polizei

§ 1. Die Aktiengesellschaft arbeitet unter dem harmlos klingenden Decknamen Atom-Cola-AG.

§ 2. Das Aktienkapital beträgt 10000 Pfund (echte).

§ 3. Die vornehmste Aufgabe der Aktiengesellschaft besteht darin, die Person unschädlich zu machen, die unter dem Namen Agaton Sax die gesamte Verbrecherwelt terrorisiert.

§ 4. Die zweite Aufgabe der Aktiengesellschaft ist, Scotland Yard zu bekämpfen und, wenn möglich, unschädlich zu machen.

Agaton Sax erstarrte, als er der Verlesung dieses schmählichen Programmes folgte. Als sämtliche Aktionäre wenige Sekunden später wild applaudierten und vor Begeisterung auf den Fußboden trampelten, erbleichte er. Die beiden Polizisten in der darunter befindlichen Wohnung unterbrachen ihr Kartenspiel. Der eine stand auf, nahm einen Besen und klopfte mit ihm gegen die Zimmerdecke.

»Ihr stört die Nachbarn!« schrie er.

Professor Mosca hob die Hand und gebot den Aktionären zu schweigen. Dann fuhr er fort:

§ 5. Die Aktiengesellschaft wird liquidiert, wenn ihr Ziel erreicht ist. Alle Aktiven fallen dann den Professoren Mosca und Frank zu.

Darauf herrschte tiefes Schweigen. Langsam ließ Professor Mosca das Schriftstück sinken, und sein boshafter Blick schweifte über die Gesellschaft. Plötzlich rief einer der Aktionäre: »Das ist ja der reinste Diebstahl!«

Um Professor Franks schmalen Schnurrbart zuckte es, und Professor Moscas langer Bart begann zu zittern. Und schon hagelten Schimpfworte auf die beiden herab.

»Betrüger!«

»Schwindler!«

»Falschspieler!«

»Verräter!«

Ein entsetzlicher Lärm erfüllte den ganzen Raum. Die Aktionäre gestikulierten, schrien, drohten, schimpften. Mosca und Frank glühten vor Wut. Endlich griff Professor Mosca nach seiner schwarzen Aktentasche und nahm sechs Revolver heraus. Doch der Lärm wurde immer ärger, und die Polizisten in der Wohnung unter ihnen mußten ihr Spiel wieder unterbrechen und mit dem Besen gegen die Decke stoßen.

»Wenn ihr da oben nicht mit dem Lärm aufhört, holen wir den Hausbesorger!« riefen sie.

Nachdem die Polizisten auf diese Weise die Ordnung wiederhergestellt hatten, konnte die Verhandlung fortgesetzt werden. Mosca wandte sich an Professor Frank:

»Ich bitte, Rechenschaft ablegen zu dürfen über die Maßnahmen, die getroffen wurden, um Agaton Sax unschädlich zu machen.«

»Mit größtem Vergnügen«, antwortete Anaxagoras Frank und lächelte boshaft.

»In wenigen Minuten, meine Herren, wird Agaton Sax in dieses Zimmer geführt werden. Er ist in eine Falle gelockt worden, und fünf unserer besten Männer bringen ihn soeben hierher.«

Es entstand ein begeistertes Gemurmel.

Professor Mosca meldete sich zu Wort: »Denkt an unsere Nachbarn! Nun werden Sie sicher wissen wollen, wie das zugegangen ist. Wir haben zwei unserer Leute nach Schweden in die Stadt geschickt, in der Agaton Sax lebt. Unsere Männer traten als Verkäufer der neugegründeten Atom-Cola Aktiengesellschaft auf. Gleichzeitig schickten wir falsche Telegramme an Agaton Sax und warnten ihn vor dieser Aktiengesellschaft. Wir unterzeichneten die Telegramme mit dem Namen von Andreas Kark, der ein guter Freund von Agaton Sax ist. Die Antworttelegramme von Agaton Sax konnten wir – dank unserer Verbindungen mit der brosnischen Telegrammkontrolle – abfangen. Im Namen von Andreas Kark forderten wir Agaton Sax auf, sich heute abend in einem Keller hier in London einzufinden. Dort wurde er nun gefangen, gefesselt und unschädlich gemacht. Welch ein Triumph, meine Herren!«

Seelenruhig lauschte Agaton Sax diesem Bericht. Anaxagoras Frank warf einen Blick auf seine Uhr:

»Jetzt werden sie ihn gleich bringen.«

Im selben Augenblick vernahm Agaton Sax rasche Schritte im Hof. Gleich darauf wurde an die Tür des Versammlungsraumes geklopft. Frank und Mosca richteten sich zu ihrer vollen Größe auf. Ein triumphierendes Lächeln spielte um ihre Lippen. »Herein!« riefen sie gleichzeitig. Die Tür ging auf. Sommersprossen-Bill stand schweigend vor der Gesellschaft. Zwölf Gesichter wandten sich ihm in erwartungsvoller Spannung zu.

»Wo ist Agaton Sax?« rief Professor Mosca. Kalter Schweiß stand auf seiner Stirn.

Sommersprossen-Bill zuckte die Achseln. »Die Polizei hat ihn festgenommen«, sagte er dann.

»Und wo sind die anderen?«

»Die hat auch die Polizei festgenommen.«

»Was ist geschehen?« schnaubte Mosca.

Gehorsam berichtete Sommersprossen-Bill: »Ich folgte unseren Leuten in kurzem Abstand nach Bobbington Lane, um zu sehen, ob alles O.K. wäre. Während die anderen nach Agaton Sax Ausschau hielten, kam die »Grüne Minna« randvoll mit Polizisten. Sie stürzten in den Keller hinunter und zogen mit allen, die sie unten fanden, wieder ab. Ich fuhr mit einem Taxi hinter ihnen her, doch ich mußte die Verfolgung aufgeben.«

Sprachlos lauschten Frank und Mosca diesem Bericht. Dann liefen sie aufgeregt im Zimmer hin und her und rauften sich die Haare. Ab und zu blieben sie stehen, starrten Sommersprossen-Bill an und beschimpften ihn:

»Du Idiot, du Stümper!«

Professor Mosca schrie:

»Thlan ghall Scot-y!«

Das bedeutet: Wenn man solche Idioten wie euch einsetzt, kann Scotland Yard die Hälfte seines Personals kündigen!

Sommersprossen-Bill zuckte wieder mit den Schultern und biß an seinem Daumennagel herum.

Sodann berieten sich die beiden Professoren eingehend. Endlich klopfte Mosca auf den Tisch und rief:

»Meine Herren Aktionäre! Ein schicksalsschwerer Strich ist durch unsere Pläne gemacht worden. Der kleine Fettwanst ist unserem feinmaschigen Netz entschlüpft. Doch die Gerechtigkeit wird siegen – und Agaton Sax wird geschnappt. Ghel dhrotnal! (Das heißt: Ich bitte, Ihr Äußerstes in dieser gefährlichen Situation zu tun!) Wir haben unsere Vorbereitungen getroffen: Damit Sie alle den widerlichen Agenten Agaton Sax erkennen können, haben wir eine Anzahl Bilder von ihm herstellen lassen.

Diese Erkennungsserie wurde nach der berühmten Ähnlichkeitsskala des deutschen Kriminologen Professor Buschenschnüpfer angefertigt. Meine Herren, betrachten Sie diese Bilder aufmerksam, prägen Sie sich das Aussehen dieses Mannes gut ein, doch vergessen sie nicht, daß er ein Meister der Verkleidungskunst ist!«

Er entfaltete ein Plakat im Format 100 x 168 cm, auf welchem die Bilder prangten. (Siehe Seite 6)

Nachdem die Aktionäre die Bilder genau studiert und ihrer Abscheu in verschiedenen Sprachen Ausdruck gegeben hatten, sagte Professor Mosca: »Der Aufsichtsrat setzt seine Versammlung im ›Platten Waschfaß‹ fort. Die übrigen durchsuchen London.«

Nach diesem Befehl brachen die Verbrecher eilig auf.

Langsam kletterte Agaton Sax die Feuerleiter hinunter. Wahrlich, das sollte diesen Herren teuer zu stehen kommen! Die Aktionäre stürzten in drei Autos, die im Hof standen. Agaton Sax beschloß, Frank und Mosca zu verfolgen. Gerade in diesem Augenblick kam ein Taxi vorbei.

Agaton Sax sprang in den Wagen und rief: »Folgen Sie diesem Auto!«

Er lehnte sich in den Sitz zurück und beobachtete aufmerksam das Fahrzeug der Schurken. In seinem Kopf wirbelten die Gedanken durcheinander. Er entschloß sich, Scotland Yard nicht zu benachrichtigen, da er nicht den geringsten Zweifel hegte, daß er allein imstande sein werde, diese raffinierten Verbrecher zu fangen.

Das Auto der beiden Professoren – mit Sommersprossen-Bill am Steuer – bog zur Westminster-Bridge ein, dann ging die Fahrt ins finstere East-End. Gewaltige Lager- und Packhäuser erhoben sich am Kai. Das Auto der Schurken hielt an. Sie stiegen aus, sprachen einige Worte miteinander und begaben sich zum Fluß hinunter.

Agaton Sax bezahlte das Taxi und folgte ihnen in einiger Entfernung.

Die drei Verbrecher gingen an Bord eines Motorbootes, das gleich darauf mit hoher Geschwindigkeit auf den Fluß hinausglitt. Es war ein kleines, flaches Passagierschiff, das tatsächlich »Plattes Waschfaß« hieß.

Agaton Sax versteckte sich hinter einem Baum und sah dem Boot nach.

Dann wandte er sich entschlossen um und kehrte nach London zurück.

Zunächst kaufte er sich ein sehr schnelles Auto. Dann fuhr er zum Puff-Mock-Hotel, das Ecke Puff Road und

Mock Street liegt. Er spähte im Dunkeln auf die andere Straßenseite. Sehr richtig, dort standen zwei der Schurken, einer in der Puff Road, der andere in der Mock Street. Beide beobachteten das Hotel. Zufrieden stellte Agaton Sax fest, daß ihm die Schurken in die Falle gegangen waren. Er hatte nämlich ein Telegramm an Andreas Kark geschickt und ihm mitgeteilt, er wohne im Puff-Mock-Hotel. Den Komplicen in Massovotsjisjij war es also gelungen, dies so schnell wie möglich nach London zurückzutelegraphieren.

»Viel Vergnügen«, murmelte Agaton Sax und fuhr zum Gebäude von Scotland Yard. Ein hoher Zylinderhut, ein grauer Backenbart, eine edel geformte künstliche Nase und ein hochgezwirbelter, grauer Schnurrbart gaben ihm jedoch das Aussehen eines eleganten, erfolgreichen Geschäftsmannes, der, ohne Aufsehen zu erregen, durch die leeren Straßen fuhr. An den verschiedensten Stellen entdeckte er Aktionäre der neugegründeten Gesellschaft. Langsam und auffallend unbekümmert gingen sie auf und ab, beobachteten aber unverwandt die verschiedenen Ein- und Ausgänge von Scotland Yard. Sicherlich sollten sie feststellen, wann Agaton Sax Scotland Yard verließ, denn nach den Angaben von Sommersprossen-Bill war er ja dorthin gebracht worden. Agaton Sax überlegte einen Augenblick, dann parkte er seinen Wagen an der nächsten Ecke und schritt auf das Hauptquartier der englischen Polizei zu. Er trug Schuhe mit dicken Sohlen, die ihn größer erscheinen ließen, als er tatsächlich war. In der Hand hatte er eine Tasche. Niemand erkannte ihn. Und so trat er in das Gebäude ein.

»Sie wünschen?« fragte ein Beamter höflich.

»Kommissar Huntington«, antwortete Agaton Sax und zwirbelte seinen gelblich-grauen Schnurrbart.

»Ich bedaure, der Herr Kommissar ist auf Urlaub.«

Das weiß ich, dachte Agaton Sax. Gerade deswegen habe ich ja nach ihm gefragt. Doch laut sagte er: »Vielen Dank für die Auskunft.«

»Wollen Sie vielleicht mit jemand anderem sprechen, Sir?«

»Nein, danke.«

Agaton Sax zog höflich seinen Zylinder und entfernte sich wieder. Im Korridor riß er seine Verkleidung herunter und sah in wenigen Sekunden so wie zu Hause in Byköping aus. Der elegante Geschäftsmann wurde in der Tasche verstaut. Dann ging er mit schnellen Schritten auf die Straße. Rasch blickte er um sich. Dort standen zwei der Schurken und stießen sich mit den Ellbogen an. Agaton Sax tat, als sähe er dies nicht. Gespannt fixierten sie ihn, drückten sich gegen die Hauswand und verfolgten jede seiner Bewegungen. Er stieß mit seinem Stock fest auf den Gehsteig und begab sich mit eiligen Schritten die Straße hinunter. Es war eines der gefährlichsten Spiele, die Agaton Sax jemals gewagt hatte, so harmlos er sich auch nach außen hin geben mochte.

Sie folgten ihm. Wie von einem elektrischen Schlag gerührt waren die Verbrecher, die sich vor den Toren von Scotland Yard versammelt hatte. Durch ihr Studium der Bildserie auf dem Plakat erkannten sie ihn, und schon verfolgten ihn die dunklen Schatten von fünf Männern. Er beschleunigte sein Tempo. Hinter sich hörte er die Schritte der Verfolger. Würde er seinen Wagen noch erreichen? Die enge Straße lag völlig leer vor ihm. Die Schurken kamen näher. Er tat, als merke er es nicht. Doch nun trat ein, was er erwartet hatte: Der Polizist, der immer um diese Zeit hier vorbeiging, bog um die Ecke bei dem kleinen Fischgeschäft und kam auf ihn zu.

»Guten Abend, Sir«, grüßte er höflich.

»Guten Abend, Herr Wachtmeister. Sie haben wohl keine Zündkerze bei sich?«

»Leider nein, Sir. Ist etwas passiert?«

»Nicht der Rede wert. Die Zündkerzen scheinen ein bißchen verrußt zu sein!«

»Das bringe ich schon in Ordnung, Sir.«

Zum Ärger der Schurken begleitete der Polizist Agaton Sax zu seinem Wagen, hantierte an den Zündkerzen, und wenige Minuten später brauste Agaton Sax davon. Mit einem eleganten Seidentaschentuch wischte er sich die Stirn. Nun wußten die Verbrecher, daß er sich in Freiheit befand. Und gerade das war Agatons Absicht gewesen. In seinem Hotel schlief er einen achtstündigen, ruhigen und stärkenden Schlaf.

Am nächsten Morgen blätterte er in der »Times« und studierte den Anzeigenteil. Sofort wurde sein Blick von einer seltsamen und interessanten Annonce gefangengenommen:

Zu vermieten

Alte, verfallene Villa, zwei Stockwerke, sechseinhalb Räume. Sie stand drei Jahre wegen dauernden Spukens leer. Wollen Sie es wagen? Dann sind Sie sehr mutig. Ich möchte nicht dort wohnen. Sie sind jedenfalls gewarnt worden. Die Miete ist ausgesprochen hoch. Außerdem verlange ich Mietvorschuß für sechs Monate. Antwort erbeten unter »Aussichtsloses Geschäft« an die Anzeigenverwaltung dieser ausgezeichneten Zeitung.

Langsam ließ Agaton Sax das Blatt auf seine Bettdecke sinken. Sein scharfer Verstand erkannte sofort, was er aus dieser Sache machen könnte. Unmittelbar darauf rief er die »Times« an, erhielt die Adresse des Mannes, der die Anzeige aufgegeben hatte, und bereits zehn Minuten später befand er sich mit seinem neugekauften Wagen auf dem Wege nach Huddle-Muddlefield, einem kleinen, freundlichen Flecken, etwa fünf Kilometer von London entfernt. Als er sich seinem Ziel, Äußerer Weg 21, näherte, verlangsamte er die Fahrt. Neben der Straße waren Felder und kleine Hügel. Er hielt vor dem Eingang, durchquerte mit raschen Schritten den kleinen Garten und stand vor dem Haus.

Auf einem Schild stand mit Leuchtbuchstaben:

O. J. STUBBMAN,
HAUSBESITZER, JÄGER Ü. A.

Agaton Sax drückte auf die Klingel. Kurz darauf antwortete eine sehr energische Stimme:

»Die Tür wird in fünf Sekunden geöffnet!«

Nun stutzte Agaton Sax und blickte um sich. Nirgends sah er einen Lautsprecher. In diesem Augenblick flog die Tür von selber auf, und der Lautsprecher verkündete im selben energischen Ton:

»Bitte sehr, treten Sie ein! Mr. Stubbman geht soeben die Treppe hinunter!«

Tatsächlich kam ein ungefähr dreißigjähriger Mann in einem großkarierten Anzug die Stiegen herunter. Er hatte buschiges, rotes Haar, grüne Augen und ein sehr energisches Kinn. An einem Riemen hing ein Gewehr über seiner Schulter.

»Mr. Saxman?« rief er und streckte Agaton Sax herzlich seine große Hand entgegen.

»Sehr richtig«, erwiderte Agaton Sax. »Ist die Villa schon vermietet?«

»Nein, Gott sei Dank nicht. Es ist mir gelungen, drei Interessenten davon abzubringen.«

Zufrieden rieb sich Mr. Stubbman die Hände. »Sie denken doch nicht im Ernst daran, sie zu mieten?« fuhr er mit erstaunter Stimme fort.

»Doch, ich möchte sie mieten«, antwortete Agaton Sax in bestimmtem Ton.

»Wie Sie wünschen! Ich habe Sie jedenfalls gewarnt. Die Villa liegt fünf Minuten von hier entfernt. Darf ich Sie bitten, mir in mein Arbeits- und Jagdzimmer zu folgen?«

Agaton Sax nickte. Während sie die Treppe hinaufgingen, erzählte Mr. Stubbman, daß er vom Fenster seines Arbeitszimmers aus Krähen schieße. Sie ließen sich in bequemen Fauteuils nieder, und Agaton Sax stellte fest, daß sich in diesem Raum verschiedene Apparaturen befanden: Perpetuum mobiles in allerlei Größen, elektrische Nußknacker, Fernbedienung für Rundfunkgeräte, spezialkonstruierte magnetische Rasierapparate und noch manches andere.

»Es spukt also in der Villa?« fragte Agaton Sax und zündete seine Montagspfeife an.

»Ja, und wie!«

»Haben schon Mieter darin gewohnt?«

»Während der vergangenen zwei Jahre zwölf verschiedene. Alle blieben nur ein paar Tage. Die längste Zeit war eine Woche. Die letzten Mieteter sind nach Australien ausgewandert.«

»Und warum wohnen Sie selbst nicht darin?« fragte Agaton Sax mit einer gewissen Schärfe.

»Ich? Nie im Leben! Ich fürchte mich entsetzlich vor Gespenstern!«

»Sie glauben also an Gespenster?« wollte Agaton Sax mit leisem Lächeln wissen.

»O nein, nicht immer!«

»So, nicht?«

»Nein, aber ich kann sie nicht leiden.«

»Und in welcher Weise spukt es?« erkundigte sich Agaton Sax. Mr. Stubbman schaute ihn schweigend an. Seine grünen Augen waren vor Schreck geweitet. Dann sagte er ernst:

»Lieber Mr. Saxman. Ich weiß nicht alles. Ich bin nur zwei Nächte in diesem Haus gewesen. Aber es waren die unheimlichsten Nächte meines Lebens.«

»Erzählen Sie mir doch wenigstens, was während dieser beiden Nächte geschah!«

Mr. Stubbman trommelte mit den Fingern auf die Lehne seines Stuhles, wodurch sich plötzlich ein Perpetuum mobile, das stehengeblieben war, wieder in Bewegung setzte. »Nanu!« rief er, »schon wieder stehengeblieben?« Dann fuhr er mit einem tiefen Seufzer fort: »Mr. Saxman, haben Sie jemals gesehen, daß ein antiker Schreibtisch auf seinen kurzen Füßen im Zimmer umherläuft?«

»Nein, nicht daß ich wüßte.«

Mr. Stubbman nickte gedankenvoll. Dann sagte er:

»Somit haben Sie auch noch nicht gesehen, daß ein antiker Schreibtisch hinter einem fliehenden, antiken Sessel herläuft, um einen uralten, kreischenden Eßtisch herum?«

»Nein«, erwiderte Agaton Sax wahrheitsgetreu. »Das war es also, was Sie erlebt haben?«

»Ja, unter anderem. Und Mr. Saxman, haben Sie, der Sie gewiß schon viel von der Welt gesehen haben, den seltsamen Anblick von zwei alten Familienporträts genossen, die sich mit altenglischen Schimpfwörtern überschütteten?«

Agaton Sax mußte zugeben, so etwas noch nicht erlebt zu haben.

»Natürlich sind mir auch ganz gewöhnliche Gespenster untergekommen, der unglückliche erste Besitzer des Hauses aus dem sechzehnten Jahrhundert und der ebenso unglückliche Sohn seines Vetters, die als Gespenster ihr Unwesen treiben.«

»Ich verstehe«, sagte Agaton Sax ruhig. »Ich miete das Haus.«

Mr. Stubbman zuckte mit den Achseln.

»Wie Sie wollen. Aber nur unter der Bedingung, die ich in meiner Anzeige gestellt habe: sechs Monate Miete im voraus. Wann ziehen Sie ein?«

»Morgen.«

»Übermorgen werden Sie wieder ausziehen.«

»Mag sein«, antwortete Agaton Sax mit seltsamem, feinem Lächeln. »Ist das Gästezimmer in Ordnung?«

»Das Gästezimmer?« rief Mr. Stubbman aus und erblaßte. »Mr. Saxman, denken Sie ernstlich daran, Gäste einzuladen?«

»Aber natürlich!«

Mr. Stubbman verschlug es die Sprache. Dann erkundigte er sich: »Sind es gute Freunde?«

»Hm«, sagte Agaton Sax. »Jedenfalls liegt mir sehr viel daran, sie hier als meine Gäste zu sehen.«

»Sie sind herzlos!«

Mr. Stubbman schüttelte tief bekümmert den Kopf. Schweigend beobachtete ihn Agaton Sax. Ihm gefiel dieser junge Mann. Schließlich fragte er:

»Und wie ist es um die Kellerräume bestellt?«

»Ausgezeichnet. Es sind sechs Kellerräume vorhanden.«

»Gut. Und wie steht es mit dem Telephon?«

»Es gibt drei Apparate.«

»Das ist zu wenig«, erklärte Agaton Sax. »Ich brauche eine interne Telephonverbindung zwischen allen Räumen. Die Gäste sollen sich bei mir wohlfühlen. Ich trage die Kosten dafür. Können Sie das selbst machen?«

»Sicher, wenn Sie mir dabei helfen.«

»Gut, dann wollen wir sofort anfangen.«

Mr. Stubbman drückte auf einen an seinem Sessel angebrachten Knopf, und schon öffnete sich eine Schreibtischlade. Er nahm einen Mietvertrag in doppelter Ausfertigung heraus, schrieb ein paar Worte darauf, reichte Agaton Sax ein Exemplar, ließ ihn unterschreiben und nahm die Miete für sechs Monate in Empfang.

Dann traten beide Männer an das Fenster. Mr. Stubbman zeigte auf den Waldrand hinüber, wo man auf einer Anhöhe ein Haus liegen sah: »Dort sehen Sie die ‹Villa Ruhe›«, erklärte er. »Ein trauriges Haus. Wünschen Sie, daß ich Ihnen Signale sende?«

»Wozu Signale?«

»Ich meine, weil Sie sich dann vielleicht nicht so verlassen fühlen. Von hier aus kann man zu dem Fenster dort im Oberstock signalisieren. Kennen Sie das Morsealphabet?«

»Natürlich.«

»Das ist gut. Nehmen Sie diese Taschenlampe. Wir können in der nächsten Nacht um 23.15 Uhr beginnen; zu dieser Zeit treiben nämlich die Gespenster dort drüben ihr Unwesen.«

»Ausgezeichnet. Kommen Sie zu mir herüber, wenn es mir allzu unbehaglich werden sollte?« fragte Agaton Sax und sah Mr. Stubbman durchdringend an.

»Ich? Niemals!« wehrte dieser mit Nachdruck ab.

»Wie Sie wollen. Können wir jetzt mit der Telephonanlage beginnen?«

Mr. Stubbman packte einige hundert Meter Leitungs-
draht, eine Anzahl uralter Telephonapparate und andere Dinge ein; dann begaben sich die beiden Männer
zu Agatons Wagen. Wenige Minuten später befanden
sie sich bereits bei der einsamen Villa, die von einer dicken,
zwei Meter hohen Steinmauer umgeben war.

Agaton musterte sehr genau alle Einzelheiten und
fragte seinen Wirt gründlich aus. Wenige Stunden danach verabschiedete er sich höflich und brauste mit seinem Wagen nach London zurück. Ehrlich betrübt
schüttelte Mr. Stubbman den Kopf und kehrte in sein
Arbeitszimmer zurück, um Krähen zu schießen.

Aus seiner langjährigen Erfahrung in der Bekämpfung
von Verbrechern wußte Agaton Sax, daß man nie
zögern darf, diesen Schurken auf den Leib zu rücken.
Darum mietete er ein Motorboot mit einem Schlafraum
an Deck. Am 20. August um 10.45 Uhr ging er an
Bord. Es war regnerisch, und ab und zu hörte man das
Signal eines Flußbootes, das langsam stromabwärts fuhr.
In etwa 300 Meter Entfernung lag das »Platte Waschfaß« verankert. Aus zwei Kajütenfenstern fiel Lichtschein. Sonst war alles öde und still im dunklen Hafen-
viertel. Aufmerksam beobachtete Agaton Sax das »Platte
Waschfaß« und warf einen Blick auf seine stoßsichere
und wasserdichte Armbanduhr. Dann ließ er den Motor
an, und das Boot glitt auf die schwarze, ölige Wasser-
fläche hinaus. Er steuerte auf das »Platte Waschfaß«
zu. In etwa vierzig Meter Entfernung drehte er nach
Steuerbord, um nicht zu nahe heranzukommen. Er
entdeckte nichts Auffälliges. An Bord war alles ruhig.
In einer Kajüte erkannte er die Silhouette von zwei
Männern, die sich über einen Tisch beugten und eine
leise Unterredung zu führen schienen. Agatons Boot
glitt wieder langsam vom »Platten Waschfaß« ab. Auf
halbem Weg zum Kai stoppte er den Motor und warf
Anker. Nun lag das Boot ganz still. Leise strömte der

Regen hernieder. Er ging in die Kajüte, öffnete einen großen Koffer und entnahm ihm verschiedene Gegenstände. Zehn Minuten später war Agaton Sax mit dem hypermodernen Unterwasser-Schwimmanzug »Hydroferm« bekleidet, er trug Schwimmflossen und an der Stirn einen Scheinwerfer. Er trat aus der Kajüte und glitt schnell und gewandt ins Wasser, wo er sofort den Scheinwerfer einschaltete. Unter Wasser näherte er sich mit zügigen Stößen dem »Platten Waschfaß«.

Es war ein ungemein mutiges Unternehmen. Doch er wollte gewissen Geheimnissen auf die Spur kommen, die sich auf andere Weise nicht entschleiern ließen.

Agaton schwamm einmal um das »Platte Waschfaß« herum und orientierte sich. Plötzlich fuhr er zusammen. War das möglich? Einige Meter vor sich sah er einen anderen Unterwasserschwimmer, der mit energischen Flossenbewegungen geradewegs auf ihn zuschwamm und offenbar zum »Platten Waschfaß« wollte. Ungeheuerlich! dachte Agaton Sax, faßte aber im Bruchteil einer Sekunde seinen Entschluß. Er steuerte geradewegs auf den anderen Schwimmer zu, der nun bewegungslos in Agatons Scheinwerfer starrte. Was nun folgte, geschah mit außergewöhnlicher Schnelligkeit. Der vielseitige Agaton Sax war auch Meister im Unterwasser-Jiu-Jitsu; dies ist eine sinnvolle, aber schwer zu erlernende Form des japanischen Ringens, die er als einziger in der westlichen Hemisphäre beherrschte. Blitzartig ging er den fremden Schwimmer von der Seite mit einem gewandten Konkonori-Griff an, was den völlig unvorbereiteten Fremden nicht wenig überraschte. Dann setzte er seinen Angriff mit einem eleganten Doppel-Joki fort, wodurch sein Gegner sozusagen in die Knie gezwungen wurde. Nun war es für Agaton Sax sehr einfach, ihn mit einem Halb-Joki endgültig zu besiegen. Er hatte den Fremden nun völlig in seiner Gewalt, weil er ihn mit seinen Händen wie in einem Schraubstock hielt. Rasch schwamm er auf sein Boot zu und zog den vor Schreck Erstarrten hinter sich her. Auf seinem Boot angelangt, befahl er dem Fremden, seine Maske abzunehmen. Der Bursche gehorchte willenlos.

»Wissen Sie, wer ich bin?« fragte Agaton Sax streng.

»Nein.«

»Ich bin Agaton Sax.«

Als der Mann dies hörte, durchlief ihn ein Zittern.

»Wie heißen Sie?«

»Schwarzer Max.«

»Was hatten Sie im Wasser zu suchen?«

»Ich war an Land.«

»Zu welchem Zweck?«

»Ich sollte spionieren.«

»Wen haben Sie gesucht?«

»Sie!«

»Sollten Sie den Herren Mosca und Frank berichten?«

Der Mann nickte. Agaton Sax dachte nach.

»Wo sollten Sie mich suchen?«

»In dreißig verschiedenen Hotels.«

»Wieviel Mann sind auf dem ›Platten Waschfaß‹?«

»Frank, Mosca und noch zwei andere. Und dann ich.«

»Und wo sind die übrigen?«

»Puddington Square Nr. 4.«

Der Schwarze Max war sichtlich so erschüttert und vom Schrecken überwältigt, daß er die Wahrheit sprach. Nun nahm Agaton Sax das starke, aber harmlose Schlafmittel Hepaminalperkaminalhypersomniumdormatolincomacomal und befahl:

»Schlucken Sie diese Pillen!«

Der Schwarze Max gehorchte willenlos. Zwei Minuten später streckte und reckte er sich, gähnte tief und sagte mit unsicherer Stimme:

»Weck mich übermorgen, Onkel.« Dann schlief er ein.

Agaton Sax deckte ihn zu und machte sich bereit, wieder in das dunkle Themsewasser hinabzutauchen. Der Regen strömte noch immer, und er konnte nur mit Mühe die Laternen des »Platten Waschfasses« erkennen. Doch weder die Finsternis noch das Wasser konnten Agaton Sax abschrecken. Und so glitt er wieder in das Wasser. Direkt unter einem der Kajütenfenster, aus dem ein schwacher Lichtschein fiel, tauchte er empor. Unendlich vorsichtig spähte er über das Wasser. Dann zog er sich an der Seite des Bootes hoch, bis er in die Kajüte blicken konnte.

Dort saßen Frank und Mosca an einem kleinen Tisch. Beide hatten hochrote Gesichter und gestikulierten heftig. Vor ihnen lag ein Plan von London. Leider konnte

Agaton Sax nicht hören, was sie redeten. Plötzlich sah er einen Mann, der sich direkt vor ihm über die Reling beugte und ihn scharf fixierte.

»Ah, du bist es, Schwarzer Max«, sagte der Mann nun mit rauher, aber freundlicher Stimme. »Ich dachte, es wäre ein verirrter Pottwal. Gib mir deine Flosse, dann ziehe ich dich an Bord.«

Agaton Sax, der erkannte, daß er verwechselt wurde, reichte dem Mann die Hand und stand wenige Sekunden später an Deck des »Platten Waschfasses«.

»Nun, hast du Agaton Sax gefunden?« fragte der Mann und kaute an seiner erloschenen Zigarette.

»Ja, ich habe erstaunliche Neuigkeiten«, erwiderte Agaton, wobei er die Stimme des Schwarzen Max nachmachte. Als Bauchredner fiel ihm dies nicht schwer.

»Das ist gut«, antwortete die rauhe Stimme.

»Ein Riesencoup«, entgegnete Agaton Sax. »Aber jetzt muß ich eine Meldung machen. Wo sind sie denn?«

»Da drinnen«, sagte der andere und deutete auf die Kajütentür. Agaton Sax nickte und ging entschlossen auf die Tür zu, die mit bunten Bildern geschmückt war. Er öffnete sie und trat mit eiskalter Ruhe ein. Er hatte alles auf eine Karte gesetzt, doch er wußte, daß er den beiden Schurken in jeder Hinsicht überlegen war. Er wollte ihnen eine Lehre erteilen, die sie nur schwer vergessen würden. Mosca und Frank zankten soeben und warfen sich die größten Grobheiten an den Kopf. Jeder bediente sich einer anderen Sprache. Professor Mosca sprach grälisch, während ihm Frank in seiner brosnischen Muttersprache antwortete. Sie diskutierten so erregt, daß sie Agaton Sax nicht sofort bemerkten. Professor Mosca ließ seine Faust auf die Karte von London fallen und schrie:

»Taradllan Scot-y!« (Wir hätten Scotland Yard sofort unter strengste Bewachung stellen müssen!)

Professor Frank antwortete erbost:

»Tam katarossam perpendikolovity makaratassaranna prontasseterom!« (Das ist leicht gesagt!)

Professor Mosca schlug noch einmal mit der Faust auf die Karte von London, diesmal in den südwestlichen Stadtteil, und rief:

»Thlan rhadullen 24! Khram!« (Du hast untaugliche und faule Mitarbeiter, die täglich 24 Stunden schlafen! Dieses jämmerliche Versagen muß ein Ende nehmen!)

Darauf brüllte Professor Frank:

»Kontorossontorontoron kajamestratosj yperantossorantokosta tajkala votjijonkosten, ep!« (Dann mach es doch selbst, du fauler Ochse!)

Bei dem Schimpfwort *ep* – es ist das beleidigendste der brosnischen Sprache – drohten Professor Moscas Augen aus den Höhlen zu fallen. Er schnappte nach Luft, sank in seinem Stuhl zusammen und schlug in ohnmächtiger Wut mit den Händen um sich.

»Ghall 5300 pund-y, togh 3450!« keuchte er mit erstickter Stimme. (Ich habe doch die unerhörte Summe von 5300 echten Pfund beigesteuert, während du nur 3450 Pfund gegeben hast!)

Er raste hemmungslos und drohte mit den Fäusten gegen die Kajütentür. In diesem Augenblick bemerkte er Agaton Sax, oder, wie er glaubte, den Schwarzen Max. Er fuhr vom Stuhl hoch und rief:

»Ghlon Max-y!« (Donnerwetter, da steht ja der Schwarze Max!)

Professor Frank drehte sich schnell um. Jetzt hagelten die Fragen nur so auf Agaton Sax herab.

»Nimm die Maske ab, du Idiot!« schrie Frank.

»Nein«, antwortete Agaton Sax. »Ich muß sofort wieder zurück. Ich habe große Neuigkeiten.«

»So rede doch schon!« riefen beide Professoren gleichzeitig, jeder in seiner Sprache. »Hast du ihn aufgespürt?«

»Ja.«

»Wo denn?«

»Ich erfahre seine Adresse erst morgen.«

»Und jetzt?«

»Jetzt ist er in Scotland Yard.«

»Verflucht nochmal!«

In ihrer Wut zerrissen die beiden Professoren gemeinsam die Karte von London. Agaton Sax betrachtete sie schweigend und fuhr dann ruhig fort: »Es besteht keine Gefahr! Er hat nicht die geringste Spur von uns. Man hat ihn gestern zusammen mit unseren Leuten nach Scotland Yard gebracht. Er wurde aber von der Polizei freigelassen. Augenblicklich befindet er sich wieder in Scotland Yard, um eine Strafgebühr für falsches Parken zu bezahlen. Das dauert drei Stunden.«

»Großartig! Weiter!«

»Er glaubt immer noch, daß die Telegramme von Andreas Kark stammten. Doch nun hat er die Suche nach uns aufgegeben.«

»Sehr gut! Was noch?«

»Er hat beschlossen, auf Urlaub nach Huddle-Muddlefield zu fahren. Er wird in der Villa ›Ruhe‹ wohnen und morgen abend um elf Uhr dort ankommen. Wenn wir um halb zwölf erscheinen, können wir ihn wie in einer Rattenfalle fangen.«

»Ausgezeichnet! Weißt du noch etwas?«

»Nein, ich muß wieder weg. Ich will ihn beschatten, wenn er von Scotland Yard herauskommt.«

»Gute Botschaft. Wir werden deinen Lohn erhöhen.«

»Ich schwimme jetzt wieder an Land, und wenn ich merke, daß ich ihn heute nacht oder morgen nicht aus den Augen lassen darf, schicke ich ein Telegramm oder rufe in Puddington Square Nr. 4 an. Wie war doch nur die Telephonnummer?«

»City 33 33.«

Professor Frank und Professor Mosca lobten jeder in seiner Sprache die Geschicklichkeit des Schwarzen Max. Sie begleiteten ihn zur Reling und sahen ihm zu, wie er ins Wasser glitt.

Die Gedanken schwirrten durch Agatons Kopf, als er in raschem Tempo zu seinem Motorboot zurückschwamm. Der Schwarze Max lag noch immer in tiefem Schlaf. Agaton Sax steuerte dem Kai zu, legte Max in sein Auto und fuhr auf schnellstem Wege zu seinem Hotel.

Dort setzte er den Schlafenden in einen bequemen Sessel und deckte ihn zu.

Inzwischen war es halb zehn Uhr geworden. Es hatte aufgehört zu regnen; ein milder, lauer Abend breitete sich über London. Nach den Anstrengungen der vergangenen Stunden hatte Agaton Sax das Bedürfnis, einen kleinen Spaziergang durch die Straßen der Stadt zu machen. Mit dem Stock in der Hand ging er die Marylebone Road entlang. Sicherheitshalber hatte er sich wieder als eleganter Geschäftsmann verkleidet. Es waren sehr viele Leute unterwegs, und Agaton Sax nahm alle, die ihm begegneten, genau unter die Lupe. Doch er erkannte niemanden. Eben hatte er beschlossen, in sein Hotel zurückzukehren, um einige Stunden zu schlafen, ehe er den Kampf gegen die Atom-Cola-AG wieder aufnahm, als er plötzlich stehenblieb. An einem prächtigen Tor hing ein großes Plakat, dessen rote Buchstaben verlockend leuchteten.

GIGANTISCHES FERNSEH-QUIZ
Großer Quiz-Abend des Fernsehens heute 22 Uhr

Thema:
Wer weiß am meisten über die grälische Sprache und die ruhmreiche Kultur der Gräler?

EINMALIGER PREIS VON
20 000 PFUND
FÜR DEN GEWINNER
DIESES EINZIGARTIGEN WETTBEWERBS

Achtung!
Jeder kann teilnehmen! Anforderungen enorm!
DAS FERNSEHEN

Die Versuchung war zu groß. Zwar konnte er an diesem Wettbewerb nicht teilnehmen, weil er sich nicht rechtzeitig angemeldet hatte, doch wollte er hören, wie Fachleute Fragen beantworteten, denen er viele Jahre seines Lebens hindurch gründliche Studien gewidmet hatte. So betrat er das Studio und fand zufällig noch einen freien Platz in der dritten Reihe. Auf der Bühne standen zwei käfigähnliche Aufbauten, deren Glaswände dem Publikum zugewandt waren. In dem einen saß ein älterer, im anderen ein etwas jüngerer Mann. Zwischen den Käfigen befand sich ein Tisch für die Jury. Der Leiter des Quiz, ein lächelnder junger Mann, gab dem Publikum soeben Verhaltungsmaßregeln. Dann flammte die grüne Lampe auf, das Achtung-Signal. Es verlosch, und das rote Licht leuchtete auf. Die Objektive der Fernsehkameras richteten sich auf die Bühne, sodann auf das Publikum, unter dem sich Agaton Sax befand.

Der Quizmeister begann:

»Meine Damen und Herren! Dies ist der Wettbewerb mit dem höchsten Preis, der jemals ausbezahlt wurde: Zwanzigtausend Pfund für den Gewinner und ein Trostpreis von tausend Pfund für den Besiegten. Außerdem – und jetzt meine Damen und Herren, kommt die große Überraschung! – hat jeder aus dem Publikum, der eine Frage beantworten kann, die beide Quizteilnehmer nicht wissen, die Gelegenheit, an dem Wettkampf teilzunehmen. Wir alle warten gespannt auf die erste Frage. Meine Herren von der Jury, ich bitte Sie, den Umschlag Nummer eins zu öffnen.«

Vor Nervosität zitternd, brachen die beiden Herren von der Jury mit vereinten Kräften den Umschlag auf. Unglücklicherweise rissen sie dabei den Bogen in drei Teile. Der Quizmeister übernahm die Papierstücke, fügte sie mit Hilfe der Jury zusammen und las mit lauter Stimme vor:

»Was bedeuten die folgenden grälischen Worte: *Ghlanllen ogh tondha lundadohl gan ghlan?*«

Es herrschte tiefe Stille – jedoch nicht nur im Publikum, sondern auch unter den Prüflingen. Beide brachten keinen Laut über die Lippen. Die Frage war viel zu schwer.

»Noch haben Sie fünfzehn Sekunden Zeit!«

Da konnte sich Agaton Sax nicht mehr zurückhalten. Er erhob sich und sagte mit ruhiger fester Stimme:

»Ich bitte um Entschuldigung, aber das ist ein Irrtum.«

Der Quizmeister schaute Agaton Sax an, auf den sich nun die Kamera richtete. Er lächelte etwas unsicher und fragte in leicht erstauntem Ton: »Ein Irrtum, Sir?«

»Ja, Sir. Der Satz, den Sie soeben vorgelesen haben, ist ohne Sinn. Die Papierstücke wurden falsch zusammengesetzt. Wenn ich mich nicht irre, muß der Satz folgendermaßen lauten: *Ghlan tondhallen ogh lunda ghlandol gan.*«

Der Quizmeister hantierte nervös mit den Papierstücken, während die Jury die peinliche Situation durch Beratung zu überbrücken suchte. Endlich glückte es dem Quizmeister, die Stücke richtig zusammenzufügen.

»Sie haben recht, Sir«, gab er zu und wischte sich die Stirn. Das Publikum brach in Jubel über die Tüchtigkeit des distinguierten Fremden aus. Als die Prüfungskandidaten die Frage noch immer nicht beantworten konnten, ergriff wieder Agaton Sax das Wort:

»Der Satz kann von vorne nach rückwärts und von rückwärts nach vorne gelesen werden. Das war im zwölften und dreizehnten Jahrhundert in der grälischen Sprache Brauch. Von vorne gelesen bedeutet der Satz folgendes: ›Wenn die Eichen grünen und die Schwalben in den Wolken zwitschern, ist es Frühling. Wer möchte da nicht in den Bergen weilen?‹ Doch wenn man den Satz von rückwärts liest, heißt er: ›Über alle Ziegenmilchdiebe, Schurken und Verräter schleudere ich ein sechsfaches Wehe und drohe ihnen lebenslänglichen Kerker und noch größere Strafe an, wenn sie sich nicht sofort bessern‹.«

Die Mitglieder der Jury mußten mit hochroten Köpfen zugeben, daß die Übersetzung richtig war.

»Darf ich die Jury bitten, den zweiten Umschlag zu öffnen!« sagte der Quizmeister.

Diesmal geschah dies mit größter Vorsicht. Die zweite Frage lautete:

»Ein grälischer Mann, der vor langer Zeit lebte, sagte zu einem anderen: *Doghl aghollan tam*. Was bedeuten diese Worte, wer sagte sie zu wem und bei welcher Gelegenheit?«

Aufmerksam beobachtete Agaton Sax die Gesichter der Prüflinge in den Käfigen. Hilflos starrten sie in die Kamera. Der Quizmeister wiederholte die Frage.

»Noch zehn Sekunden!«

Als die Prüflinge noch immer schwiegen, stand Agaton Sax auf und gab folgende Antwort:

»König Ghral zu seinem Waffenträger Ghrol-ysh nach der ziemlich unbekannten Schlacht bei Thlan am 26. August 736. Das Wort ist Frühgrälisch und bedeutet: ›Jetzt ist alles verloren – außer der Ehre und einem Salzhering‹.«

Sogar die strenge Jury spendete nach dieser treffenden Antwort Beifall.

»Darf ich die Jury bitten, den Umschlag Nummer drei zu öffnen?«

Der Quizmeister nahm die dritte Frage in Empfang und las:

»Wie lautet die älteste grälische Volksweise? Beachten Sie bitte, daß der ganze Text zitiert werden muß.«

Der erste Prüfling meinte, es sei die Weise von der Mücke, die sich an einem Igel stach – *Hej ghottan hral llan* –, was aber falsch war. Der andere tippte auf die Weise von den sechzehn asiatischen Kamelen des grälischen Hirten. Doch auch das war nur eine Vermutung.

Wie jämmerlich, dachte Agaton Sax boshaft.

»Und was sagen Sie, Sir?« wandte sich der Quizmeister mit breitem Lachen an Agaton Sax.

Dieser erhob sich, verbeugte sich leicht und erwiderte:

»Die älteste Weise stammt aus der Zeit um 430 und lautet: *Tahollen, hollen, hollen,*
ughllon tallen tallen.
Hollen eh!«

»Und das bedeutet?«

»Das heißt nach meiner Übersetzung:

König Tah hatte ein rostiges Schwert,
ein rostiges Schwert,
es war rostiger als aller Rost auf der Welt.
Das Schwert war älter als zwölfhundert Jahr',
zwölfhundert Jahr'!
Welch alter Rost!«

»Ist das alles?« fragte ein Herr aus der Jury.

»Ja, das ist alles«, antwortete Agaton Sax. »Die Weise hat keinen Schluß und wahrscheinlich auch keinen Anfang. Es wurden schon sechs dicke Bücher über diese Dichtung geschrieben, doch niemand hat herausbekommen, wovon sie handelt.«

Das Publikum war außer sich vor Begeisterung, denn Agaton Sax konnte über hundert Punkte für sich buchen, während die beiden Prüflinge zusammen nur zwölf Punkte zu verzeichnen hatten für teilweise richtige Antworten, die von Agaton Sax korrigiert worden waren. Der Quizmeister schrieb einen Scheck über zwanzigtausend Pfund aus, und dann wurde Agaton Sax vom begeisterten Publikum im Triumph auf die Straße getragen. Man stellte ihm ein Auto zur Verfügung, die Menge überschüttete ihn mit Blumen, man rief »Hurra«, und drei Gentlemen hielten schwungvolle Reden.

Als er endlich gegen zwölf Uhr in sein Hotel zurückkehrte, war Agaton Sax sehr müde. Der Schwarze Max schlief in seinem Sessel ganz fest und würde es noch weitere fünfzehn Stunden tun. Agaton Sax schob den Scheck in die von Tante Tilda eigens angefertigte Innentasche seines Pyjamas, drehte das Licht ab und schloß die Augen. Bald darauf schlief er ruhig.

Plötzlich erwachte Agaton Sax. Irgendwie spürte er, daß ihm Gefahr drohe. Er war sofort ganz wach, und sein wunderbar funktionierendes Gehirn arbeitete angestrengt. Er lag im dunklen Zimmer vollkommen still, und obwohl alles ruhig war, wußte er, daß sich jemand in seinem Zimmer befand. Der Schwarze Max konnte es nicht sein. Er versuchte, die Finsternis mit seinen Blicken zu durchdringen, und glaubte, einen dunklen Schatten an der Tür zu erkennen. Nein, es waren zwei. In diesem Augebnlick wurde er von einem grellen Lichtstrahl geblendet, und er sah einige Meter von ihm entfernt zwei Männer.

»Keine Bewegung!« befahl eine Stimme.

»Ich bewege mich nicht«, erwiderte Agaton Sax scharf. »Was wollen Sie?«

»Sie sind nach den Angaben des Hotelbesitzers Max Raxman?«

»Und wer sind Sie?«

»Das werden Sie gleich erfahren!«

Die beiden Männer standen noch immer unbeweglich mitten im Zimmer. Plötzlich wurde die Deckenlampe eingeschaltet, und sie stutzten, als sie den Schwarzen Max erblickten.

»Wer ist das?« fragte der Mann mit der Taschenlampe, ein magerer Bursche mit scharf geschnittenem Gesicht.

»Er heißt Max.«

Der Mann mit der Taschenlampe gab seinem Kollegen ein Zeichen, und dieser nahm bei dem Schlafenden eine Leibesvisitation vor.

»Und Sie?« fuhr der Mann mit der Taschenlampe fort. »Sie sind auf keinen Fall Mr. Raxman. Sie sind entweder Professor Mosca oder Agaton Sax.«

»Sie sind also von Scotland Yard«, sagte Agaton

Sax. »Eine Zigarre gefällig? Erlauben Sie, daß ich Schlafrock und Pantoffeln anziehe? Ich nehme an, daß Sie Inspektor Lispington sind.«

Der Mann nickte.

»All right. Also sind Sie offenbar Mr. Sax.«

Agaton Sax zog seinen brosnischen Morgenrock an und schlüpfte in seine Pantoffeln aus Hundewolle.

»Und wie haben Sie mich hier aufgespürt?« fragte er dann.

»Eine einfache Sache. Wir waren beim Fernseh-Quiz.«

»Ich verstehe. Ich habe Sie dort gesehen und weiß auch, warum Sie da waren.«

Inspektor Lispington meinte erstaunt: »So, wirklich?«

»Ja. Scotland Yard hat das ganze veranstaltet.«

»So, meinen Sie?«

»Natürlich«, fuhr Agaton Sax ruhig fort. »Das habe ich sehr schnell herausbekommen. Sie hofften, auf diese Weise einige von Professor Moscas grälischen Helfershelfern, denen daran gelegen sein konnte, eine so große Summe zu gewinnen, aus der Reserve zu locken. Mosca bezahlt sie sehr schlecht, und meistens erhalten sie ihren Lohn in falschem Geld.«

»Welcher Scharfsinn!« rief Inspektor Lispington voll Bewunderung aus. »Sie haben völlig recht!«

»Ich bedaure, daß Ihnen dies nicht gelungen ist«, sagte Agaton Sax. »Aber Sie konnten ja nicht wissen, daß ich in London war. Beunruhigen Sie sich jedoch nicht. Es geht alles in Ordnung.«

»Wir haben bisher nicht die geringste Spur von den Verbrechern«, meinte Lispington kleinlaut.

»Nur Mut, ich verfolge eine Menge von Spuren.«

»Ich brauche Sie wohl nicht daran zu erinnern, daß Sie verpflichtet sind, der Polizei zu helfen?« sagte Lispington mit einer gewissen Schärfe.

»Selbstverständlich helfe ich der Polizei nach besten Kräften. Habe ich Sie denn bisher nicht in jeder Beziehung unterstützt?«

Agaton Sax sah den Polizeiinspektor schweigend an und sagte nebenbei: »Morgen nacht zwischen halb eins und halb zwei können Sie die Bande abholen.«

»Abholen?«

»Ja, bis dahin habe ich sie festgenommen.«

»Wo?«

»Das ist mein Geheimnis. Sie werden von mir hören und genaue Anweisungen erhalten.«

»Mr. Sax, ich beschwöre Sie, zu bedenken, daß gegenwärtig in London ein Polizeikongreß tagt.«

»Was für ein Polizeikongreß?«

»Die höchsten Funktionäre des europäischen Polizeiwesens tagen heute und morgen in London. Ein Viertel unserer Polizei ist abkommandiert, um die hohen Gäste zu schützen. Wir müssen Hand in Hand arbeiten – Sie und wir, meine ich. Sie müssen uns helfen!«

»Natürlich. Sie werden morgen nacht Nachrichten von mir erhalten. Stellen Sie ein Überfallkommando bereit! Ich möchte Sie jedoch ausdrücklich bitten, mich nicht zu beschatten. Sollten Sie es trotzdem versuchen, reise ich sofort nach Byköping ab.«

Als ihn die beiden Geheimpolizisten verließen, rief er ihnen noch nach: »Verlieren Sie nicht den Mut. Es geht alles in Ordnung!«

Am nächsten Morgen gelang es Agaton nur mit äußerster Mühe, den Schwarzen Max zu wecken. Er zwang ihn, einen Liter kräftige Fleischbrühe zu trinken, und verabreichte ihm dann eine weitere Pille Hepaminalperkaminalhypersomniumdormatolincomacomal. Während des ganzen Tages sammelte Agaton Sax Kräfte für die Anstrengung, die ihm am Abend bevorstand. Am Vormittag fuhr er nach Huddle-Muddlefield hinaus und überprüfte die Telephonanlage, nahm noch einige Verbesserungen vor und besuchte anschließend den Zoologischen Garten, wo er Affen und Giraffen fütterte. Schließlich schickte er ein Telegramm an Tante Tilda, in dem er ihr mitteilte, daß alles zum besten stünde und er jeden Abend seine Pillen einnähme.

Ein weiteres Telegramm richtete er an Puddington
Square Nr. 4:

> BESCHATTE UNSEREN MANN DIE
> GANZE ZEIT STOP ER AHNT
> NICHTS STOP BIN 23.30 UHR AM
> VERABREDETEN ORT
>
> SCHWARZER MAX

Die Stunden vergingen. Über London legte sich die
Dämmerung, und der Verkehr nahm allmählich ab. Um
21.15 Uhr setzte sich Agaton Sax ans Steuer und fuhr
nach Huddle-Muddlefield.

Es war ein dunkler Abend. Schwarze Wolken türmten
sich am Himmel auf. Ab und zu sah man einen schwachen
Schein durch das Dunkel schimmern.

Er näherte sich der Villa. Ernst und unbeweglich
standen die schwarzen Eichen an der Mauer, und wie
gespenstische Arme ragten ihre Zweige in den Himmel.

Agaton Sax fuhr bei dem gewaltigen Tor vor. Der
Schlüssel knirschte im Schloß. Die verrosteten Angeln
kreischten, als er das Tor öffnete. Er leuchtete die große,
dunkle Halle, in der das Licht nicht funktionierte, mit
seiner Taschenlampe ab. Zu beiden Seiten des Eingangs
stand eine Ritterrüstung. Er entnahm seiner Brieftasche
eine Visitenkarte und schrieb darauf: »Komme sofort.«
Diese Visitenkarte steckte er hinter das Band seines
Hutes und stülpte ihn über den Helm der einen Rüstung.
Nun machte er eine Inspektionsrunde durch das ganze
Haus und kontrollierte noch einmal die Telephonanlage.

Punkt 23 Uhr setzte sich Agaton in die große Bibliothek und zündete sich eine Zigarre an. Im offenen Kamin
lagen zusammengefallene Holzscheite. Nur eine kleine
Stehlampe erleuchtete den riesigen Raum.

Nach wenigen Minuten, um 23.05 Uhr, hörte er plötzlich ein starkes Klopfen auf einem der Bücherregale.
Er beobachtete die Stelle, von der der Laut gekommen
war. Dann richtete er sich auf und klemmte die Zigarre
fest zwischen die Lippen. Das war unglaublich! Eines

der Bücher glitt langsam, doch unaufhaltsam aus dem Regal, als würde es von einer unsichtbaren Hand gezogen, und fiel dann mit dumpfem Gepolter auf den Boden. Agaton Sax hatte rasch seine Ruhe wiedergefunden und trat an das Bücherregal. Er hob das Buch auf, untersuchte gründlich den Platz, auf dem es gestanden war, fand jedoch nichts und stellte das Buch zurück. So etwas Merkwürdiges hatte er noch nie erlebt. Er zog kräftiger an seiner Zigarre und sah auf die Uhr. Es war 23.08 Uhr. Plötzlich flog die Tür mit lautem Knall auf. Erschrocken fuhr Agaton Sax in die Höhe und griff instinktiv nach seinem Revolver.

»Wer da?« fragte er mit fester Stimme.

Keine Antwort. Er ging zur Tür. Doch kein Mensch war zu sehen. Merkwürdig, dachte er und setzte sich nachdenklich wieder in seinen Sessel. Um 23.12 Uhr fiel wieder ein Buch aus dem Regal heraus. Es war Oscar Hitchcocks *Berühmte Dreimaster, Band 12*.

Eine Minute danach fiel die Tür krachend zu. Um 23.15 Uhr vernahm man aus dem Kronleuchter eigentümliche Geräusche. Nun ging Agaton Sax in das obere Zimmer, um Mr. Stubbmans Signale zu empfangen.

»H–a–b–e–n S–i–e e–t–w–a–s g–e–s–e–h–e–n o–d–e–r g–e–h–ö–r–t?«

»J–a, e–s i–s–t u–n–g–l–a–u–b l–i–c–h!«

»W–a–r–t–e–n S–i–e, b–i–s e–s z–w–ö–l–f U–h–r s–c–h–l–ä–g–t, d–a–n–n f–ä–n–g–t e–s e–r–s–t r–i–c–h–t–i–g a–n! E–n–d–e.«

Agaton Sax wischte sich über die Stirn. Ich muß Ruhe bewahren, dachte er. Es gibt keine Gespenster. Ich muß mich auf die Bande konzentrieren. Er blickte auf seine Armbanduhr. Die Verbrecher konnten jeden Augenblick kommen. Er eilte in den Raum, der gerade über dem großen Tor lag, zog die Vorhänge vor, verbarg sich hinter ihnen und blickte auf die Landstraße.

Da! Zwei Autos mit abgeblendeten Scheinwerfern

tauchten aus der Finsternis auf. Vom Wald her hörte man den Schrei einer Eule, und ein paar aufgeschreckte Fledermäuse flatterten am Fenster vorüber. Die Wagen fuhren bis zum Gartenzaun. Zwölf Männer sprangen heraus, und einer zeigte auf die Villa am Waldrand. Rasch teilten sie sich in zwei Gruppen. Die eine näherte sich der Vorderseite des Hauses, die andere verschwand seitlich. Kurz entschlossen begab sich Agaton Sax ins Nebenzimmer und legte sich dort auf den Boden. Durch ein Loch, das er zuvor gebohrt hatte, beobachtete er, wie Frank, Mosca und vier andere Verbrecher die Bibliothek betraten.

Frank und Mosca hatten jeder eine Tasche bei sich. Die eine, auf der »Pfund« stand, enthielt Falschgeld, die andere, mit »Aktienkapital« gekennzeichnet, barg echte Banknoten. Mit entsicherten Revolvern drangen die Männer ein.

»›Komme sofort‹, steht auf dem Hut vom Fettwanst«, murmelte Mosca. »Was soll das bedeuten?«

»Wahrscheinlich, daß er auf dem Boden oder im Keller ist«, meinte Frank und kaute an seiner Zigarre weiter. Die vier Begleiter gingen zu den Fenstern und spähten ins Dunkel.

»Wo bleiben nur die anderen sechs?« fragte Frank.

»Nur Ruhe bewahren!« erwiderte Mosca nervös. Er trat an den offenen Kamin.

Argwöhnisch verfolgte Frank seine Bewegungen. Dann setzte er sich an den schweren Eichentisch und trommelte mit den Fingern auf die Platte.

»Hör endlich mit dem Getrommel auf!« sagte Mosca.

»Wenn wir nur nicht in eine Falle gelockt worden sind!« knirschte Frank.

»Eine Falle? Du Idiot!« brüllte der andere und hielt seine Hände über das Feuer, um sie zu wärmen.

Es wurde still. Plötzlich zuckte Frank zusammen.

»Hast du das gehört?« fragte er und stand auf.

Starr und bleich blieb er jedoch auf seinem Platz stehen.

»Was soll ich gehört haben?« entgegnete Mosca und wandte sich um.

»Das Feuer. Es knackt darin.«

»Und wenn schon? Es ist kein richtiges Feuer!«

Mosca wurde leichenblaß und starrte in den Kamin. Er zog die Hände zurück, die er gerade über dem Feuer wärmen wollte. Unwillkürlich trat er einen Schritt zurück. Die vier Männer am Fenster drehten sich um.

»Eine Sinnestäuschung!« stammelte er bleich.

»Sinnestäuschung?« rief einer der vier Komplizen. »Dies ist eine Spukvilla, jawohl, eine Spukvilla. Ich verlange eine Gehaltserhöhung!«

»Halts Maul!« schrie Mosca.

In diesem Augebnlick fuhr Frank erschrocken zusammen. Die Tür hatte sich geöffnet, und die andere Gruppe der Verbrecher trat ein.

»Er ist nicht aufzufinden, keine Spur von ihm«, berichtete der Anführer, der scharfsinnige Franzose Bouchardieu de Clignancourt.

»Nicht zu finden?« brüllte Mosca voll Wut. »Blinde Hühner seid ihr! Sofort gehen vier von euch in den Keller und suchen ihn ab. Weitere vier postieren sich vorne an der Ecke und halten Wache!«

»O. K., Chef«, antwortete der Franzose. Acht Männer verließen den Raum. Agaton Sax handelte nun blitzschnell. Er eilte über eine Geheimtreppe in den Keller hinunter und versteckte sich hinter einem breiten Pfeiler. Er vernahm Flüstern und Schritte, die auf dem kalten Steinboden laut widerhallten. Die vier Männer näherten sich in der Dunkelheit. Agaton Sax ließ sie dicht an sich herankommen. Ruhe und Überlegenheit erfüllten ihn, denn es war alles auf geniale Weise vorbereitet. Da drang ein leises Gepolter aus einem Kellerraum, der zwischen ihm und den Verbrechern lag. Wie angewurzelt blieben die Männer stehen.

»Habt ihr das gehört?« flüsterte der Franzose.

»Los, wir stürmen!«

»Abwarten! Vorsicht!«

Eine Taschenlampe blitze auf, und die Tür wurde abgeleuchtet. Mit entsicherten Revolvern gingen sie darauf zu. Blitzartig riß der Franzose die Tür auf und alle vier rannten in das Dunkel, das auch nebenan herrschte. In diesem Augenblick warf sich Agaton Sax gegen die Tür, knallte sie zu und verriegelte sie hinter den Schurken, die sich plötzlich wie in einer dunklen Rattenfalle gefangen sahen.

Mit boshaftem Lächeln lauschte Agaton Sax auf die Flüche der vier Eingeschlossenen. Er wußte, daß keine Revolverkugel dieses Spezialschloß zu öffnen vermochte. Dann eilte er wieder die Treppe hinauf.

»Immer noch acht«, murmelte er, freute sich aber gleichzeitig, daß er, einer glücklichen Eingebung folgend, in jedem Kellerraum Drähte gezogen hatte. In jedem Raum war am Ende des Drahtes ein schweres Brett befestigt, das mit lautem Getöse herabfiel, wenn Agaton Sax an dem Draht zog. Wieder legte er sich oben in seinem geheimen Versteck auf die Lauer und schaute durch das Guckloch.

Frank und Mosca standen sich gegenüber, die anderen hatten sich hinter sie gestellt. Mosca rief:

»Was soll das Wort ›Zehnfacher Verräter‹ bedeuten, das du mir zugerufen hast?«

»Ich? Du hast es doch selbst gerufen!«

»Ich soll das geschrien haben? Du bist wohl verrückt geworden!«

»Ich habe ganz genau gehört, daß du ›Zehnfacher Verräter‹ gesagt hast!«

»Ich habe gehört, wie Frank das brüllte«, sagte Sommersprossen-Bill, der neben Mosca stand.

Die vier Männer sahen sich der Reihe nach an. Dann stand Noten-Jim auf und sagte mit rauher Stimme:

»Ich weiß, wer es gewesen ist. Es war der alte Bursche dort oben an der Wand.«

Die anderen starrten ihn an. Noten-Jim hob den zitternden Zeigefinger und wies auf das große Ölgemälde aus dem 17. Jahrhundert, das Jeremiah Stubbman darstellte, einen finster blickenden Gentleman mit Spitzbart.

»Der da hat es geschrien«, wiederholte Noten-Jim und ließ sich in seinen Stuhl zurücksinken.

»Dummkopf!« rief Mosca und kaute erregt an seiner Zigarre. Aller Anwesenden hatte sich Spannung und Mißtrauen bemächtigt. Ab und zu warfen Frank und Mosca einen Blick auf die beiden Taschen.

Schrilles Telephongeklingel unterbrach das Schweigen. Alle vier fuhren zusammen und starrten auf den uralten Apparat, der im Jahre 1906 den Ehrenpreis auf einer Ausstellung gewonnen hatte. Niemand rührte sich. Wieder scharfes Klingeln. Mosca gebot mit erhobener Hand zu schweigen.

»Ich werde sprechen«, sagte er.

Dann hob er den altmodischen Hörer ab.

»Hallo«, rief Mosca.

»Hallo, hier spricht Bouchardieu de Clignancourt.«

»Wo bist du denn?«

»Im Keller selbstverständlich!«

»Gibt es denn da ein Telephon?«

»Klar. Ich telephoniere ja von hier aus.«

»Habt ihr ihn gefunden?«

»Ja, wir haben ihn aufgespürt. Er liegt unter einem Dampfkessel.«

»Unter einem Dampfkessel?«

»Ja, der nicht funktioniert. Er versucht ihn zu reparieren.«

»In Ordnung. Wir kommen sofort.«

»Nein! Wartet noch!«

»Warum sollen wir noch warten?«

»Es dürfen nicht viele sein. Schicke vier Mann, das genügt, um ihn zu überwältigen.«

Mosca legte den Hörer auf und befahl den vier Männern, die vor dem Haus Wache hielten, rasch in den Keller zu gehen. Das entsprach ganz dem Wunsch Agatons, der von seinem Geheimraum aus Bouchardieu de Clignancourts charakteristische Stimme mit Akzent imitiert hatte. Jetzt lief er wieder die Geheimtreppe hinunter und drückte sich gegen die dunkle Steinmauer. Als Meister des Bauchredens war es für ihn eine einfache Sache, die Verbrecher in den Raum, in dem sich der Dampfkessel befand, zu locken. Erleichtert verließ er den Keller.

Die vier Männer in der Bibliothek gingen nervös auf und ab und warteten auf die Meldung aus dem Keller. Inzwischen rief Agaton Sax Mr. Stubbman an. Sofort kam Antwort:

»Hier Stubbman. Wie geht es Ihnen? Eine schlimme Sache, was?«

»Nein, ganz im Gegenteil. Meine Gäste fühlen sich außerordentlich wohl. Doch ich habe Eile. Mr. Stubbman, ich bin hinter Ihre Schliche gekommen!«

Tiefe Stille herrschte am anderen Ende des Drahtes. Dann krächzte Mr. Stubbman:

»Auf meine Schliche gekommen? Was wollen Sie damit sagen, Mr. Saxman?«

»Ich meine in bezug auf die Gespenster. Es sind ja gar keine richtigen Gespenster. Sie sind es, Mr. Stubbman!«

Wieder Schweigen. Dann seufzte Mr. Stubbman leicht und antwortete: »O. K., Mr. Saxman. Und was wünschen Sie von mir?«

»Noch mehr Gespenster!«

»Noch mehr, war Ihnen das noch nicht genug?«

»Nein, ich muß meine Gäste loswerden. Was haben Sie mir zu bieten?«

Mr. Stubbman zählte eine Reihe ziemlich harmloser Spuks auf.

»Gut«, sagte Agaton Sax anerkennend. »Sie sind tüchtig im Erfinden. Kann ich es auch von hier aus geistern lassen?«

»Natürlich. Das ist sehr einfach. Sie müssen nur das Mikrophon unter dem Schreibtisch in dem Zimmer, in dem Sie sich derzeit befinden, entsprechend bedienen. Auf einem kleinen Armaturenbrett sind verschiedene

Knöpfe angebracht, einer für das sprechende Gemälde in der Bibliothek, ein anderer für den redenden Schreibtisch im Gästezimmer, ein dritter für den zwitschernden Spiegel im grünen Salon und so weiter. Ich biete eine reichhaltige Auswahl!«

»Ausgezeichnet! Ich bin Ihnen sehr verbunden.«

»Einen Augenblick noch, Mr. Saxman! Haben Sie tatsächlich die Absicht, sechs Monate hierzubleiben?«

»Nein. Ich ziehe schon morgen wieder aus.«

»Vorzüglich. Ich danke Ihnen sehr, Mr. Saxman.«

Agaton Sax legte den Hörer auf. Er warf durch das Guckloch einen Blick in die Bibliothek, wo die vier Verbrecher immer noch nervös warteten.

»Warum die wohl nicht wieder heraufkommen?« fragte Frank.

»Ruhe!« donnerte Mosca.

Agaton Sax kroch unter den Schreibtisch, warf einen schnellen Blick auf das Armaturenbrett, drückte dann auf einen der Knöpfe und sprach mit unheildrohender Stimme in das Mikrophon. Die vier Männer fuhren zusammen und starrten auf das Gemälde von Jeremiah Stubbman, der düster verkündete:

»Wehe jenen, die im Keller sind! Sie sind verschwunden. Bald kommen die Verbrecher in diesem Raum an die Reihe. Wehe denen, die dann noch hier sind!«

Im selben Augenblick stieß eine Eule einen lauten, hohen Schrei aus.

Glücklich über dieses wunderbare Zusammentreffen, rieb sich Agaton Sax die Hände.

Mosca zuckte nervös zusammen, alles hing jetzt von seiner Selbstbeherrschung ab. Mit äußerster Kraftanstrengung riß er sich zusammen, und ehe sich's die anderen versahen, hatte er den Revolver gezogen.

Er zielte auf das Gemälde und feuerte einen Schuß ab, der genau Mr. Jeremiah Stubbmans Spitzbart traf.

Das hinderte Mr. Stubbman jedoch keineswegs daran, in ein gewaltiges Hohngelächter auszubrechen.

»Das muß ein Ende haben!« schrie Mosca. »Ich gehe

jetzt in den Keller, um mich zu überzeugen, was dort unten vor sich geht!«

Wieder handelte Agaton Sax mit ungewöhnlicher Schnelligkeit. Er nahm den Hörer vom Telephon und wählte die Nummer der Bibliothek. Das Klingelzeichen hallte durch den großen Raum. Von Schrecken gepackt, sahen sich die drei Verbrecher an. Dann ging Frank zum Apparat und nahm den Hörer ab.

»Hallo«, flüsterte Sax mit Bouchardieu de Clignancourts leicht erkennbarer Stimme. »Bist du es, Frank?«

»Ja.«

»Ist Mosca da?«

»Nein, er ist eben in den Keller gegangen.«

»Das ist gut! Es eilt nämlich! Frank, höre gut zu: Ich habe Agaton Sax gefangengenommen und ihn in einem Zimmer im ersten Stockwerk eingeschlossen. Aber das beste von allem ist: Er hat zwanzigtausend Pfund, echte, bei sich. Ich möchte nicht, daß Mosca etwas von diesem Geld erfährt. Aber ich kann nicht allein mit Sax fertig werden, er ist zu stark. Wenn du heraufkommst, um mir zu helfen, teilen wir fifty-fifty. Einverstanden?«

»Ja, ja! Ich komme sofort! Aber ... die Gespenster!«

»Du brauchst keine Angst zu haben, Anaxagoras! Es sind keine richtigen Gespenster. Das ist alles nur mechanisch. Komm schnell!«

»Ich komme schon!«

Rasch hatte Frank seine Ruhe zurückgewonnen. Er ging zur Tür und wollte, von den anderen unbemerkt, verschwinden. Doch die waren so aufgeregt, daß sie sofort hinter ihm herliefen und sich buchstäblich an ihn anhängten. Vergeblich versuchte er sie abzuschütteln, sie folgten ihm trotz seines Fluchens die Treppe hinauf und in den dunklen Korridor, in dem eine Tür offenstand.

»Hier«, hörten sie Bouchardieu de Clignancourts Stimme sagen. Sie liefen hinein und waren einen Augenblick später in einer fensterlosen Kammer eingeschlossen.

»Jetzt ist nur noch einer übrig«, murmelte Agaton Sax. Dann ging er in die Bibliothek hinunter, nahm die Tasche, auf der »Aktienkapital« stand, und trug sie schnell in sein Versteck. In fünf Minuten würde Scotland Yard hier sein. Agaton Sax atmete auf. Das war ein arbeitsreicher Abend gewesen. Trotzdem stand noch die Verhaftung von Mosca bevor. Er hatte keine Angst, daß die anderen inzwischen ausbrechen könnten, denn die Türen waren in dieser Villa sehr gut abgesperrt. Davon hatte er sich überzeugt. Mosca konnte jeden Augenblick vom Keller heraufkommen. Agaton Sax lag auf dem Fußboden und blickte durch das Guckloch. Dann rief er Mr. Stubbman an.

»Hallo, Mr. Saxman! Wie steht es?« antwortete dieser.

»Danke, gut, ich bin bald alle Gäste wieder los!«

»Famos! Brauchen Sie Hilfe?«

»Ja, bitte. In der Bibliothek. Wenn ich wieder anrufe.«

»Soll es etwas sehr erschreckendes sein?«

»Mittelmäßig.«

»O. K., Mr. Saxman.«

Nun hörte Agaton Sax, daß sich jemand der Bibliothek näherte. Es war Mosca. Seine Haare sträubten sich, und er rief:

»Frank, Jim! Wo seid ihr denn? Die anderen sind alle im Keller eingeschlossen!«

Wütend blickte er um sich. Plötzlich starrte er wie ein Wahnsinniger auf die Wand. Er hatte eine Entdeckung gemacht und brüllte wie ein Irrer:

»Ll-kaph!« (Das Aktienkapital!)

Er rannte planlos im Zimmer herum.

»Togh all-kaph?« (Wer hat das ganze Aktienkapital gestohlen?)

Auf einmal begann ein großer Schaukelstuhl zu schaukeln, wobei er gleichzeitig ein altes irländisches Klagelied anstimmte. Das wurde selbst dem abgebrühten Professor Mosca zu viel. Er stürmte aus der Halle und schrie ununterbrochen: »Ll-kaph! Togh all-kaph?«

Das war für Agaton Sax ein Strich durch die Rechnung. Wie von einer Tarantel gestochen fuhr er hoch, rannte die Treppe hinunter auf den Platz vor dem Haus und konnte gerade noch sehen, daß ein Auto der Verbrecher mit rasender Schnelligkeit um die Kurve bog. Professor Mosca, der Anführer der Atom-Cola-AG, war verschwunden. Es hatte keinen Sinn, eine Verfolgungsjagd aufzunehmen, dazu hatte er schon einen zu großen Vorsprung. Mit zusammengebissenen Zähnen stand Agaton Sax in der dunklen Einfahrt des Hauses. Ruhe, dachte er. Ruhe! Morgen ist auch noch ein Tag, Herr Professor Mosca! Er kehrte in die Villa zurück, lauschte vor den verschiedenen verschlossenen Türen und rief dann Mr. Stubbman an.

»Alles in Ordnung!« meldete er.

»Sind Sie Ihre Gäste los?«

»Alle bis auf einen, leider«, sagte Agaton Sax. Seine Stimme klang verbittert.

»Das tut mir leid, Mr. Saxman. Kann ich irgend etwas für Sie tun? Ich habe Ritterrüstungen, die herumwandern können, schief von der Gicht sind und entsetzlich stöhnen. Im Salon befindet sich eine Löwenhaut, die sich auf alle viere aufrichten kann, und ich besitze Nippesfiguren, die ihre Plätze selbst tauschen ...«

»Vielen Dank, Mr. Stubbman! Sie sind sehr liebenswürdig. Doch ich brauche weiter nichts. Scotland Yard wird jeden Augenblick hier sein. Sie brauchen keine Angst zu haben, Mr. Stubbman. Ich werde Ihnen alles erklären.«

Vor dem Haus leuchtete ein Scheinwerfer auf. Eine Polizeieinheit fuhr vor, und vierzehn Polizisten, mit Inspektor Lispington an der Spitze, umstellten die Villa.

Agaton Sax ging Inspektor Lispington entgegen.

»Haben Sie Mosca gesehen?« fragte er.

»Nein, ist er denn nicht hier?«

»Ich bedaure, er ist entwischt. Doch alle anderen können Sie festnehmen.«

»Sie haben also die ganze Bande außer Mosca gefangen?«

»Ja.«

Inspektor Lispington zündete umständlich seine Meerschaumpfeife an.

»Ich gratuliere Ihnen, Mr. Sax. Sie haben einen guten Fang gemacht.«

Agaton Sax wehrte bescheiden ab:

»Nicht der Rede wert!«

»Und wo mag Mosca sein?« fragte Lispington nach längerem Schweigen. Agaton Sax strich sich mit dem Zeigefinger über den eleganten Schnurrbart und zündete sich eine Zigarre an.

»Das beunruhigt mich nicht. Ich habe nämlich das ganze Aktienkapital.«

»Das ganze Aktienkapital?«

»Ja. Das ganze Geld der Atom-Cola-AG! Zehntausend Pfund!«

Inspektor Lispington rieb sich das Kinn.

»Sie machen wohl einen Spaß, Mr. Sax!«

»O nein, sehen Sie her!«

Damit überreichte Agaton Sax dem Kriminalinspektor die braune Tasche.

»Bitte sehr. Ich überreiche sie Ihnen feierlichst«, verkündete Agaton Sax und machte eine leichte Verbeugung.

»Ich gebe Ihnen gleich eine Empfangsbestätigung«, sagte Lispington und vergewisserte sich, ob die Banknoten auch wirklich echt wären. Dann trat er an den Schreibtisch und nahm einen Gänsekiel in die Hand, der aber explodierte, als er zu schreiben beginnen wollte. Er erbleichte, doch äußerte er sich als wohlerzogener Gentleman in keiner Weise, sondern nahm einen anderen, der jedoch auch sofort explodierte.

»Das ist doch etwas merkwürdig«, murmelte er bleich, aber gefaßt. »Daß ein Gänsekiel explodiert, kann man vielleicht verstehen, aber gleich zwei … nun ja, so etwas kommt, wie man sieht, auch vor.«

Dann nahm er einen gewöhnlichen Federhalter, der auf dem Schreibtisch lag, und stellte die Bestätigung aus. Nach den ersten drei Worten hielt er plötzlich inne.

»Warum schreibe ich eigentlich mit gelber Tinte?« murmelte er vor sich hin. »Dann ist die Bestätigung ja ungültig.«

Er zerriß den Bogen und benützte ein anderes Tintenfaß mit schwarzer Tinte. Warum schreibe ich jetzt mit roter Tinte? dachte er. Im Tintenfaß ist doch schwarze; und vorher, als ich gelb schrieb, war, soviel ich weiß, blaue Tinte im Faß. Er zuckte mit den Achseln und überreichte Agaton Sax die Bestätigung, die mit grüner Tinte geschrieben war. Dabei sagte er:

»Stellen Sie sich vor, mir war jetzt, als ob sich das Blatt in dem Buch von allein umgewendet hätte! Auf was für Ideen man mitunter kommt!«

»Nichts von Belang«, erwiderte Agaton Sax. »Das ist in der Miete inbegriffen.«

Er übernahm den Schein und steckte ihn in seine Brieftasche, die er von Tante Tilda einmal zu Weihnachten bekommen hatte.

Kriminalinspektor Lispington sah ihn forschend an.

»Und Mosca?« fragte er vorsichtig.

Agaton Sax warf einen Blick auf seine kugelsichere Armbanduhr.

»Ich kann leider noch nicht sagen, wieviele Stunden ich brauchen werde, aber ich rechne damit, daß wir ihn spätestens morgen mittag festnehmen können.«

»Und auf welche Weise?«

»Ich bedaure, Inspektor Lispington. Sie müssen mir schon Vertrauen schenken. Erlauben Sie, daß ich mich zurückziehe? Ich habe wichtige Dinge zu erledigen, die nicht mehr länger aufgeschoben werden dürfen.«

Die beiden Herren verbeugten sich voreinander.

»Und noch etwas«, sagte Agaton Sax; »in zwei Stunden können Sie den Schwarzen Max aus meinem Hotelzimmer abholen. Hier ist die Adresse.«

Agaton Sax setzte sich in seinen Wagen und brauste nach London.

Zwei Stunden später, um 3.05 Uhr, ging Professor Mosca in seinem Verwaltungszimmer in Puddington Square Nr. 4 auf und ab. Aufgeregt kaute er an einem erloschenen Zigarrenstummel und murmelte etwas von Aktienkapital. Vergeblich versuchte er das geheimnisvolle Verschwinden des Geldes zu erklären. Immer wieder kreiste sein Verdacht um einen Menschen: Anaxagoras Frank. Plötzlich blieb er mitten im Zimmer stehen. Das Telephon klingelte. Er streckte die Hand nach dem Hörer aus, zögerte, kleine Schweißtropfen perlten auf seiner Stirn. Endlich nahm er den Hörer ab.

»Hallo!«

»Hallo – Professor Mosca?«

»Wer spricht da?«

»Ich – ich, der Schwarze Max. Wo sind denn alle anderen?«

»Schwarzer Max! Endlich! Wo steckst du denn? Wo bis du die ganze Zeit gewesen?«

»Ich bin in Little Field, zwei Meilen von London. Ich war draußen in der ›Villa Ruhe‹.«

»In der ›Villa Ruhe‹? Bist du übergeschnappt? Dort sind wir doch den ganzen Abend gewesen!«

»Ich bin leider zu spät gekommen. Als ich endlich ankam, war alles voll von Polizei, und da bin ich schnell wieder weg. Raten Sie, wen ich getroffen habe, und zwar mit Ihrem Auto?«

»Nun sag doch schnell! War es Agaton Sax?«

»Nein, Anaxagoras Frank!«

»Was, Frank? Dieser Schurke! Dieser Verbrecher!«

»Beruhigen Sie sich, bitte. Ich habe seinen Wagen angefahren. Er war völlig betrunken. Als ich das Auto untersuchte, fand ich die Tasche mit dem ganzen Aktienkapital.«

Mosca verschlug es die Sprache, und er mußte sich festhalten, um nicht umzufallen.

»Ll-kaph«, murmelte er, und ein Ausdruck unendlichen Glückes verklärte seine boshaften Züge.

»In Ordnung, Max!« rief er. »Bring schnell das Geld her. Hallo, wo bist du? Max, hallo?«

»Hier! Nein, ich komme nicht. Puddington Square kann bewacht sein, und außerdem gehört da das halbe Kapital mir.«

«Dir? Du Idiot! Du besitzt ja nur eine einzige Aktie. Du bist eigentlich nur ein kleiner Angestellter. Komm schnell hierher!«

»Nein, ich will die Hälfte des Geldes haben. Vergessen Sie nicht, daß ich das ganze Kapital behalten kann!« Mosca knirschte bei dieser unverschämten Forderung mit den Zähnen. Als er eine Weile geschwiegen hatte, sagte er: »O. K. Wir teilen fifty-fifty.«

»Gut, Professor. Können wir uns morgen früh um 10 Uhr treffen? Ich muß bis dahin schlafen.«

»Also morgen um 10 Uhr. An einem unverfänglichen Ort, wo viel Verkehr ist.«

»Was halten Sie von Madame Tussauds Wachsfigurenkabinett?«

»Ausgezeichnet, und in welchem Raum?«

»Vielleicht in der Abteilung ›Berühmte Zeitgenossen‹?«

»In Ordnung. Also auf morgen um 10 Uhr.«

Professor Mosca rieb sich die Hände. Wenn er nur den Schwarzen Max traf, eine Teilung des Aktienkapitals würde er zu verhindern wissen.

Als Agaton Sax nach diesem Telephongespräch mit Professor Mosca den Hörer aufgelegt hatte, ging er schnell zu Bett und schlief nach wenigen Minuten ein. Um halb sechs Uhr wachte er mit einem Ruck auf und war sofort hellwach. Seine Gedanken arbeiteten mit Hochdruck. Ganz plötzlich, noch im Schlaf, war ihm klar geworden, daß er einen Fehler begangen hatte. Und zwar einen sehr groben Fehler. Das mußte sofort in Ordnung gebracht werden! Er griff nach dem Telephon, das sich neben seinem Bett befand, und rief noch einmal Professor Mosca an. Es klingelte lange Zeit, doch niemand kam zum Apparat. Mosca hatte es wohl für sicherer gehalten, seinen Aufenthaltsort zu wechseln. Agaton Sax ließ sich in seine Kissen zurückfallen. Sein Fehler bestand darin, daß er vergessen hatte, mit Professor Mosca zu vereinbaren, in welcher Maskierung dieser zu dem vereinbarten Treffen kommen sollte. Denn es war kaum anzunehmen, daß er ohne Maskierung in die Öffentlichkeit ging, da er doch von Scotland Yard und Agaton Sax unaufhörlich gejagt wurde. Jetzt war Agaton Sax arg in der Klemme. Professor Mosca besaß eine bewundernswerte Fertigkeit im Verkleiden, und wie sollte er ihn nun in Madame Tussauds Kabinett wiedererkennen? Außerdem konnte Agaton selbst auch nicht in seiner wirklichen Gestalt erscheinen. Mosca würde ihn dann sofort sehen, ohne daß er, Mosca, von Agaton Sax erkannt wurde. Das würde für Mosca einen unerhörten Vorteil bedeuten.

Agaton Sax beschloß, schnell wieder einzuschlafen, vielleicht löste sich das Problem im Schlaf. Punkt halb acht Uhr wachte er wieder auf, munter und ausgeruht. Er frühstückte ausgiebig. Als er fertig war, breitete sich ein heller Schimmer über sein rundes Gesicht. Für das anscheinend unlösliche Problem gab es dennoch eine Lösung – nur eine einzige. Und auf diese einzige Lösung war Agaton Sax gekommen, während er schlief, dank seines außerordentlich scharfen Gehirns, für das es keine Schwierigkeiten gab.

Er rief Inspektor Liupington in seiner Wohnung an. »Guten Morgen, Inspektor. Alles in Ordnung?«

»Leider nicht, Mr. Sax. Ich habe große Sorgen!«

»Große Sorgen? Warum denn?«

»Mein Chef war außer sich, weil Mosca uns durch die Lappen gegangen ist!«

»Aber Sie haben ihm doch hoffentlich gesagt, daß alles in Ordnung ist?«

»Natürlich. Aber er will Mosca möglichst rasch verhaften!«

»Großartig! Wird gemacht! Paßt es Ihnen um halb elf? Aber ich möchte Sie bitten, vorher noch ein paar Mann zu schicken und den Schwarzen Max abzuführen. Das ist anscheinend vergessen worden.«

»Wird gemacht. Aber wo befindet sich denn Mosca?«

»Der wird etwa um 10.15 Uhr bei Madame Tussaud auftauchen. Können Sie ein paar Mann hinschicken?«

»Klar, Mr. Sax. Aber ich komme natürlich selbst auch mit.«

»Ich erwarte Sie also in der Abteilung ›Berühmte Zeitgenossen‹. Und noch etwas: Wollen Sie bitte den Leiter von Madame Tussauds Kabinett anrufen und mich ihm empfehlen. Ich brauche dringend seine Hilfe.«

»Mit dem größten Vergnügen, Mr. Sax.«

Um neun Uhr meldete sich Agaton Sax beim Leiter des Kabinetts der Madame Tussaud. Es ist dies das berühmteste Wachsfigurenkabinett der ganzen Welt, und viele hundert Wachspuppen in Menschengröße kann man dort bewundern. Agaton Sax wurde mit ausgesuchter Liebenswürdigkeit empfangen. Der Leiter dieses Unternehmens hörte seinen Ausführungen aufmerksam zu und war als intelligenter Mensch gleich im Bilde.

»Natürlich wird das erledigt, trotz der kurzen Zeit, die uns zur Verfügung steht!« versprach er. »Es ist eine große Ehre für uns, Mr. Sax. Vielleicht können wir später einmal eine Wachspuppe von Professor Mosca in unsere Verbrechergalerie einreihen?«

Höflich verbeugte sich Agaton Sax und begann, seinen großen Plan durchzuführen. Da es noch früh am Morgen war, gab es nur wenige Besucher im Kabinett der Madame Tussaud. Langsam wanderten einige Fremde durch die Säle und bewunderten die täuschende Ähnlichkeit der Wachsfiguren mit ihren Originalen. Doch allmählich strömten mehr und mehr Besucher herein. Ein aufmerksamer Beobachter hätte einen Mann bemerkt, der knapp vor 10 Uhr eintrat. Er wirkte schon sehr alt und trug einen abgenützten gelblich-grünen Hut mit breiter Krempe. Sein langer Mantel hatte vor Zeiten einmal bessere Tage gesehen, nun aber die charakteristische Farbe grünen Käses angenommen. Er trug eine dunkle Brille und einen weißen Vollbart. Mühsam stützte er sich auf einen groben Stock. Wer Gelegenheit hatte, ihm in die Augen zu blicken, mußte mit Erstaunen feststellen, daß dieser alte Mann ungewöhnlich intelligent dreinsah.

Müde ging der Alte durch die Räume des Wachsfigurenkabinetts. Den großen Schriftstellern und anderen Wachsfiguren widmete er nur sehr geringe Aufmerksamkeit. Dafür begab er sich aber ziemlich bald in die Abteilung ›Berühmte Zeitgenossen‹. In diesem Raum hatten sich schon zahlreiche Besucher eingefunden. Der Mann beschäftigte sich hauptsächlich mit ein paar großen Männern, die ihn um vieles überragten. Er nahm seinen Hut ab und wischte sich über die Stirn. Er hatte langes, weißes Haar, das ihm fast bis auf die Schultern herabfiel. Zunächst betrachtete er die Figuren in seiner nächsten Nähe. Doch konnte man bemerken, daß er sich ab und zu verstohlen umdrehte.

Seine Aufmerksamkeit galt besonders einem anderen Greis, der eine kleine, abgenützte Ledertasche in der Hand trug.

Langsam ging er an einer Reihe von Figuren vorbei, denen er wie guten Bekannten zunickte. Es handelte sich um ein paar Politiker. Sein Interesse schien jedoch hauptsächlich dem anderen Greis zu gelten. Plötzlich blieb er stehen. Ein leichtes Zittern ging durch seinen

Körper, und es hatte den Anschein, als sei er plötzlich um ein paar Zentimeter kürzer geworden. Er starrte auf eine Figur, die auf einem Stuhl saß und ihn und alle anderen Besucher mit einem leisen, erstarrten Wachslächeln betrachtete. Er fuhr sich über die Augen.

»Nicht möglich«, murmelte er.

Dann las er die Beschriftung. Kein Zweifel, dort stand:

Agaton Sax
(geb. 1902)
**berühmter schwedischer Chefredakteur
und Bekämpfer von Verbrechen**

Der alte Mann richtete sich auf und holte tief Atem. Wieder betrachtete er die Wachsfigur, die mit starren Augen ins Publikum blickte. Die Ähnlichkeit war verblüffend, und wider Willen mußte der Greis den geschickten Künstler bewundern, der dieses Werk geschaffen hatte. Schließlich zuckte er leicht mit den Schultern. Doch schon stutzte er wieder. Träumte er? Oder narrte ihn eine Vision? Hatte er nicht soeben ein Zucken der linken Augenbraue festgestellt? Doch, es stimmte. Denn die Wahrheit war, daß er nicht eine Figur vor sich hatte, die Agaton Sax darstellte, sondern vielmehr Agaton Sax selbst. Aber ehe der Alte überlegen konnte, stand jener mit geschicktem Sprung plötzlich vor ihm. Er riß kräftig an seinem Bart, der sich sofort von der Backe löste, und rief triumphierend:

»Professor Mosca, wenn ich mich nicht irre!«

Im selben Augenblick sprangen zwei große Männer und der Alte mit der Ledertasche herzu und packten Mosca mit kräftigen Fäusten. Dieser fluchte in grälischer Sprache, und man hörte deutlich die Worte *Ll – kaph* heraus. Er wurde schnell abgeführt und drohte bis zur letzten Minute Agaton Sax mit geballten Fäusten.

Kriminaloberinspektor Lispington – der andere Greis – verbeugte sich vor Agaton Sax und sagte:

»Darf ich Ihnen mein Kompliment machen! Die Ähnlichkeit mit Ihnen selbst war wirklich unübertrefflich.

Ich muß Ihren Mut und Ihre Ausdauer bewundern. Wie lange sind Sie so unbeweglich auf dem Stuhl gesessen?«

»Oh, nur zehn Minuten«, wehrte Agaton Sax bescheiden ab. »Man braucht nur einen starken Willen. Am schwersten fiel es mir, als sich eine Fliege auf meine Nase setzte, und zwar ausgerechnet, als mich zwei junge Mädchen betrachteten.«

»Hm, ich verstehe. Doch sagen Sie einmal, Mr. Sax: Wie sind Sie auf diese sonderbare Idee gekommen?«

»Wieso sonderbar? Es war die einzig mögliche Lösung. Nur dadurch, daß ich ohne Maske auftrat, konnte ich Mosca dazu bringen, mich zu erkennen und sich durch sein Erstaunen zu verraten. Sie dürfen nicht vergessen, Herr Inspektor, daß Mosca nur verkleidet hierherkommen konnte. Und wenn ich ganz einfach als Agaton Sax aufgetreten wäre, dann hätte Mosca mich erkannt, ohne sich etwas anmerken zu lassen. Es gab für mich nur den einen Ausweg, meine eigene Wachsfigur darzustellen. Das war die einzige Verkleidung, die mir die Vorteile bot, ohne die ich mein Ziel nicht erreicht hätte: Ich konnte Moscas Erstaunen beobachten, durch das er sich verriet. Als ich nun sah, daß der Alte erbleichte und bei meinem Anblick erstarrte, war mir sofort klar, daß er Mosca sein müsse. Sie geben zu, daß jeder, der bei meinem Anblick blaß wird oder erstarrt, ein Verbrecher sein muß – wie in diesem Fall Professor Mosca – nicht wahr?«

»Ja, diese Überlegung ist richtig«, murmelte Inspektor Lispinton, der von Agatons genialem Plan tief beeindruckt war.

Noch am gleichen Tag, aber erheblich später, traf Agaton Sax mit Mr. Stubbman zusammen. Mit einem Jagdgewehr über der Schulter trat er in Agatons Zimmer ein.

»Guten Morgen, Mr. Saxman! Ich habe soeben vier Krähen geschossen!«

»Und die Villa – haben Sie bereits neu annonciert?«

»Nein, noch nicht. Ich brauche mich erst in sechs

Monaten wieder um einen neuen Mieter umzusehen. Sie haben doch für ein halbes Jahr gezahlt.«

»Gewiß. Nun sagen Sie mir einmal, Mr. Stubbman: Warum wollen Sie die Villa eigentlich nicht vermieten?«

Mr. Stubbman blickte sich um und senkte dann die Stimme zu einem Geflüster:

»Ich habe die Villa geerbt. Aber im Testament steht, daß ich sie vermieten muß. Doch ich will sie nicht vermieten. Ich will sie für mich allein haben.«

»Diesen Eindruck hatte ich«, nickte Agaton Sax. »Und darum haben Sie den Spuk gemacht – um Ihre Mieter in die Flucht zu jagen!«

»Sie haben richtig vermutet. Diese Einrichtungen haben mich 5000 Pfund gekostet, aber damit verfüge ich über den wirkungsvollsten Spuk von ganz Europa.«

»Das ist nicht zu bestreiten. Aber Sie haben meine Frage nicht beantwortet, Mr. Stubbman: Warum wollen Sie die Villa nicht vermieten?«

»Weil das beste Jagdrevier der ganzen Grafschaft ausgerechnet vor dem Fenster liegt, von dem aus Sie Ihre Signale gegeben haben.«

Agaton Sax nickte. »Ich verstehe«, sagte er. »Ich wünsche Ihnen Weidmanns Heil.«

»Weidmanns Dank. Wenn Sie wieder Hilfe brauchen, wenden Sie sich nur an mich. Die Gespenster, die Sie sahen, waren nur eine kleine Kostprobe der einfachsten Art. Ich besitze noch viel wirkungsvollere Dinge.«

Als Mr. Stubbman gegangen war, klopfte es an der Tür. Es war der Liftboy. »Ein Telegramm, Sir.«

Agaton Sax riß das Telegramm auf. Es lautete:

KOMME SCHNELL NACH HAUSE STOP EIN UNVERSCHÄMTER KERL WILL GANZSEITIGE ANZEIGE FÜR IRGENDEIN COLA HABEN STOP POLIZIST ANTONSSON SAGT, ES IST O. K. STOP WER IST O. K.?   TANTE TILDA

Zweites Buch

Agaton Sax
und die Diamantendiebe

Am Samstag, den sechsten Juni, saß Chefredakteur Agaton Sax an seinem Schreibtisch in der Redaktion der Byköpingpost. Die Sonne strahlte über der friedlichen Stadt, und man konnte wahrhaftig nicht ahnen, daß unerhörte Ereignisse die Bewohner von Byköping und den Polizisten Antonsson in Kürze erschüttern würden. Behaglich stopfte Agaton seine Samstagspfeife, zündete sie an und sandte kunstvolle Rauchringe zu den rotgeblümten Gardinen. Gegen Mittag brachte Antonssons zwölfjähriger Sohn folgende maschingeschriebene Mitteilung in die Redaktion:

> »Die Polizei von Byköping fahndet nach zwei Männern, die gestern abend gegen neun Uhr das große Schaufenster in Sofia Almgrens Kurzwarenhandlung eingeschlagen und versucht haben, Bärengarn zu stehlen. Bei den Dieben handelt es sich um einen mittelgroßen, blonden und um einen kleinen, kahlköpfigen Mann.«

Eilig las Agaton Sax diese Meldung durch und warf sie sodann in den Papierkorb. Dann kletterte er auf das Hausdach und startete dort seinen Langstrecken-Überschall-Hubschrauber »Hermes«, ein Geschenk, das ihm im vergangenen Winter vom Vorsitzenden der Vereinigten Polizeiministerien Westeuropas feierlich übergeben worden war. Er stieg senkrecht vom flachen Dach der Byköpingpost auf, kreiste kurz über der kleinen Stadt, kurvte um den Kirchturmhahn Frederik, ging über dem Byköping-Bach auf 1,70 Meter herunter, lüftete vor dem Eisenhändler Nagel, der gerade angelte, seine Melone, stieg in 78 Meter Höhe über dem Waldrand auf und kreiste hier kurz. Schließlich wendete er, landete auf seinem Dach und rief, in die Redaktion zurückgekehrt, den Polizisten an.

»Alles klar«, sagte er. »Du kannst sie abholen.«

»Wo? Wann? Und wen denn?«

»Im Wald. Die Schurken selbstverständlich.«

»Du hast die Verbrecher im Wald gesehen?«

»Ja, sie liegen dort und schlafen. Beide haben Warzen auf der Nase!«

Drei Stunden später hatte Agaton Sax bereits die Montagsnummer seiner Zeitung fertig. Hingebungsvoll schmauchte er seine Samstagspfeife. Überall herrschten Frieden und Stille. Plötzlich vernahm er eine ziemlich scharfe Stimme:

»Agaton, es ist bereits 15.15 Uhr!«

Er warf einen Blick auf seine Armbanduhr – ein Geschenk von Scotland Yard. Dann sagte er:

»Ja, ich komme sofort. Ich bin schon auf dem Weg.«

»Du hast dich um eine Viertelstunde verspätet!« kam es zurück.

»Es ist mir nicht immer möglich, genau auf die Minute zu kommen«, entschuldigte sich Agaton Sax.

»Warum nicht? Ich bin immer pünktlich!«

Seufzend erhob sich Agaton Sax und ging die Treppe hinunter. Auf dem Tisch im großen Zimmer standen Kaffeetassen. Tante Tilda hatte Platz genommen. Sie sah ihn streng an.

»Zwischen 14 und 15 Uhr hast du wieder die Sprechanlage abgestellt!« sagte sie vorwurfsvoll.

»Ja, Tante Tilda, ich hatte ein wichtiges Problem.«

»Ich habe mehrmals versucht, dir etwas mitzuteilen, aber du hast nicht gehört.«

»Nein, Tante Tilda, aber ich habe die Pillen trotzdem genommen.«

»Ich kann dir jetzt ein anderes Medikament empfehlen: Hepafossaminalkardionkontrolinfermatolonfenomenal. Die Pillen sind viel kleiner als Kaliumsfosforinstalaminhistofanoralsalicylatenon.«

»Du bist wirklich reizend, Tante Tilda!«

Langsam trank Agaton Sax seinen Kaffee.

»Ich wollte dich aber nicht wegen der Pillen sprechen«,

bemerkte Tante Tilda und schenkte sich neuerlich Kaffee ein.

»Sondern?«

»Über dies hier wollte ich mit dir reden.«

»Was ist denn das?«

»Ein Eilbrief. Den haben gewiß Verbrecher geschrieben«, sagte Tante Tilda mit Schärfe und reichte Agaton Sax einen Brief mit zahlreichen ausländischen Marken.

»Vielleicht ist er sogar vergiftet«, meinte sie und wischte sich die Hände an der Schürze ab.

»Wann wurde er gebracht?«

»Um 14.15 Uhr. Ich kann diese verbrecherische Betätigung nicht leiden!« sagte sie und sah ihren Neffen scharf an.

»Wieso verbrecherische Betätigung?« fragte Agaton Sax mit forschendem Blick.

»Ich meine, daß du überall Verbrecher stellst. Das kann doch nicht angenehm sein!«

»Den Verbrechern?«

»Nein, der Polizei. Du machst der Polizei gewiß keine Freude, wenn du überall herumfährst und Detektiv spielst.«

»Ja, Tante, das ist wahr. Aber hätte die Polizei mehr Freude, wenn ich überall herumfahren würde und ein Verbrecher wäre?«

Agaton Sax erhob sich würdevoll. »Vielen Dank für den ausgezeichneten Kaffee. Ich wünsche dir einen guten Mittagschlaf.«

»Die Pillen«, mahnte Tante Tilda und schob ihm eine kleine Medikamentenschachtel hin. Schnell schluckte er zwei Pillen.

»Nun wirst du dich bald besser fühlen«, meinte Tante Tilda.

»Ich fühle mich ohnehin gut, Tante Tilda.«

»Weil du immer die Pillen nimmst!«

Agaton Sax dachte jedoch bei sich, daß er sich wohlfühle, weil er nur ganz selten Tante Tildas Pillen nahm; aber er hütete sich, ihr das zu sagen, und kehrte wieder in die Redaktion zurück. Entschlossen öffnete er den Brief, der folgenden seltsamen Inhalt hatte:

Herr Chefredakteur!

Bestimmt werden Sie von meinen Zeichnungen schon gehört haben. Und wenn nicht, so sind Sie gewiß der einzige.

Meine Zeichnungen werden die »Ungeschminkte Wahrheit« genannt, weil sie unglaublich wahre Begebenheiten und eigenartige Dinge schildern. Jede Zeichnung wird von einem Text begleitet, der diese erläutert. Umgekehrt kann auch die Zeichnung den Text erklären, wenn der Text noch unverständlicher ist als die Zeichnung. In der Anlage schicke ich eine Zeichnung und einen Text mit, damit Sie selbst urteilen können.

Ich verabscheue jede Prahlerei und möchte es daher unterlassen, darauf aufmerksam zu machen, wie außergewöhnlich meine Zeichnungen sind. Ich erlaube mir jedoch, nur ein paar Zahlen zu nennen: Jährlich mache ich etwa hundert Zeichnungen, etwa hundert europäische Zeitungen drucken sie ab. Jede dieser Zeitungen hat ungefähr hunderttausend Leser, Kinder mitgerechnet, und da ich seit fünf Jahren Zeichnungen herstelle, läßt sich ohne Schwierigkeiten folgende Rechnung aufstellen:

$$100 \times 100 \times 100000 \times 5 = 5000000000$$

$$(= \text{zirka 5 Milliarden}).$$

Sie sehen also, Herr Chefredakteur, daß fünf Milliarden Menschen, das heißt, bedeutend mehr Menschen als die Bevölkerung der ganzen Erde, meine Zeichnungen in Händen gehabt haben und stets über deren ebenso wahre wie besondere Eigentümlichkeiten erstaunt gewesen sind.

Aus unerklärlichen Gründen haben die 728 Leser der Byköpingpost noch nicht die Bekanntschaft mit meinen Zeichnungen und Texten gemacht. Doch nichts ist leichter, als dem abzuhelfen. Ab dieser Woche können Sie sie in Ihre sicher vortreffliche Zeitung aufnehmen. Die Byköpingpost ist die einzige Zeitung Schwedens, die dieser Kunst würdig ist. Sie werden es nicht bereuen. Ihre 728 Leser werden sich genau wie die 5 000 000 000 anderen Leser Tag für Tag auf die Zeitung stürzen.

Ich werde am 7. Juni in Byköping eintreffen und bitte um die Ehre einer Unterredung.

Mit vorzüglicher Hochachtung

Stud Slogan, Graphiker
Erfinder der »Ungeschminkten Wahrheit«

Agaton Sax betrachtete die Zeichnung. Unter ihr konnte man lesen: »Kaiser Ramanamman XXXVII., der 1456–57 regierte, hatte einen so langen Bart, daß er zu zwei Zöpfen geflochten werden mußte, die im Nacken miteinander verknotet wurden.«

»Wirklich, sehr interessant«, murmelte Agaton Sax. »Wenn diese Zeichnungen nicht zu teuer sind, werde ich sie bestellen.«

Er lehnte sich in seinen Stuhl zurück und schloß die Augen. Im Zimmer war es sehr warm. Nach wenigen Minuten fiel er in seinen Mittagsschlummer. Dann wurde er von einer Fliege geweckt, die seinen eleganten Schnurrbart durchforschte. Er verjagte sie, doch dabei fiel sein Blick auf das große Bücherregal, das die ganze Wand bedeckte. Dort gab es eine bedeutende Sammlung von Werken über Verbrechen und Verbrecher, zum Beispiel: »Das große Verbrecherbuch«, »Bekannte Verbrecher«, und »Wer ist wer in der Verbrecherwelt?«.

Plötzlich blieb Agatons Blick an dem letztgenannten Band haften. Ein Gedanke war ihm gekommen und erschreckte ihn. Gab es in dem Brief, den er soeben gelesen hatte, nicht irgend etwas, das schon einmal seine Aufmerksamkeit erregt hatte? Agaton Sax besaß ein außergewöhnlich gutes Gedächtnis. Er stand auf, ging langsam zum Bücherregal und entnahm ihm das Buch »Wer ist wer in der Verbrecherwelt?«. Das Werk kannte er schon beinahe auswendig. Seine Finger blätterten rasch durch die alphabetische Reihenfolge der Verbrecher: Roter Slim (siehe Grüner Slim), Rubin-Jones, Safe-Smith, Sandiger Plym, Schurken-König, Schwindelmann, Slocum, Sluckers, Svensson...

Er klappte das Buch wieder zu. Kein Slogan. Natürlich nicht. Selbstverständlich hieß der Mann nicht Slogan. Aber wie hieß er sonst? Und war er überhaupt ein Verbrecher? Und warum hatte er sich an Agaton Sax gewendet, wenn er tatsächlich ein Verbrecher war?

Agaton Sax dachte außergewöhnlich scharf nach. Nun hatte er es! Er mußte doch in dem Buch »Wer ist wer in der Verbrecherwelt?« nachsehen, aber in einer viel älteren Ausgabe. Dieses Werk war nämlich seit 1880 jedes Jahr erschienen, und in jeder neuen Ausgabe wurden die nötigen Ergänzungen vorgenommen. Wieder trat Agaton Sax an das Bücherregal. Ohne lange zu suchen, nahm er »Wer ist wer in der Verbrecherwelt?« Jahrgang 1891, heraus. Plötzlich erinnerte er sich an den Namen, den er suchen wollte: Bob Bubble. Und so las er über diesen Verbrecher:

Bubble, Bob, auch genannt Snubble, Stubble, schlauer Bob, Bob Topp oder Topp-Bob. Geboren 1846. Begann seine Verbrecherlaufbahn als Zeitungsverkäufer in London. Er stahl eine große Anzahl Zeitungen an den Tagen, an denen die Ergebnisse der Sportwettkämpfe bekanntgegeben wurden, und verkaufte die Blätter zu bedeutend höheren Preisen, sobald alle anderen Zeitungen vergriffen waren. Später übte er Scheckbetrügereien aus und begann mit dem sogenannten »Großen Papageienschwindel«. Er kaufte eine Menge grün-gelber Martegayj-Papageien, von denen er behauptete, sie könnten außerordentlich gut sprechen, und betrog auf diese Weise achtzig leichtgläubige Käufer. Als ihm dieser Betrug vor Gericht vorgeworfen wurde, antwortete er: »Es stimmt, daß meine Papageien nicht sprechen können, aber sie können denken. Ist das denn gar nichts?« Nach abgebüßter Strafe widmete er sich dem sogenannten »Taschenmesser-Schwindel«. Er verkaufte Taschenmesser mit achtzigjähriger Garantie, doch es stellte sich bald heraus, daß sie bereits nach ein paar Monaten nichts mehr taugten. 1888 begann B., der ein tüchtiger Zeichner war, Zeichnungen eigenhändig herzustellen und mit einem Text zu versehen. Unter dem Namen »Die ungeschminkte Wahrheit« verkaufte er diese Zeichnungen. In die Texte schmuggelte er Chiffrebotschaften für die Verbrecherliga in ganz Europa ein. Dieser Betrug wurde jedoch 1890 entdeckt. Man nahm ihn fest, doch es gelang ihm durch seine glattzüngige Art, den Maschen des Gesetzes zu entgehen.

Agaton Sax schlug das Buch mit den vergilbten Blättern zu. In seinem runden Gesicht drückte sich echtes Erstaunen aus, denn in seinem langjährigen Kampf gegen das Verbrechertum auf der ganzen Welt hatte er es noch nie mit einem hundertdreizehnjährigen Schurken aufnehmen müssen. Welche Erfahrung, welche Kenntnisse hatte dieser Verbrecher auf seiner wahrhaft langen Laufbahn sammeln können!

Am Nachmittag des folgenden Tages knurrte Tickie, der ungewöhnlich kluge Dackel, leise. Er lag unter dem Redaktionsschreibtisch zu Füßen seines Herrn. Agaton Sax schob das Vergrößerungsglas beiseite, mit dem er einige interessante Fingerabdrücke, die ihm Scotland Yard in einem eingeschriebenen Brief geschickt hatte, studierte. Er richtete sich auf, und ein Zug fester Entschlossenheit trat in sein rundes Gesicht. Er schwenkte in seinem Drehstuhl herum und rief:

»Herein!«

Die Tür wurde langsam geöffnet. Ein Mann mit weißem Bart, Pumphose, karierten Kniestrümpfen, einer dunklen Brille und einem Stock über dem Arm stand in der Tür.

Sie sind sehr gut maskiert, dachte Agaton Sax. Niemand könnte annehmen, daß Sie hundertdreizehn Jahre alt sind! Laut aber sagte er:

»Ruhig Tickie!« Und zu dem Besucher gewendet: »Sie sind Mr. Slogan, nehme ich an.«

»Ganz richtig, ich bin Mr. Slogan.«

»Willkommen, bitte nehmen Sie Platz.«

Mr. Slogan legte seinen Stock auf den Tisch. Hinter der dunklen Brille glaubte man den Blick einer Schlange zu ahnen, dem Agaton Sax jedoch mit ruhiger Festigkeit begegnete. Das kurze, aber eindrucksvolle Schweigen wurde von einer Stimme unterbrochen:

»Nun ist die Salami schon wieder alle!«

Mr. Slogan fuhr zusammen, hob dann seine buschigen Augenbrauen kaum merkbar und sagte:

»Sie haben eine Wand, die sprechen kann, Sir?«

»Gewiß.«

»Hochinteressant. Davon kann ich für die ›Ungeschminkte Wahrheit‹ eine Zeichnung machen.«

Agatons Lippen kräuselten sich zu einem Lächeln.

»Sie möchten also eine Serie an die Byköpingpost verkaufen? Und wie hoch stellt sich der Preis für diese Wahrheiten?«

»Ein Pfund pro Stück.«

Sehr billig, dachte Agaton Sax. Doch laut sagte er:

»Das ist ziemlich teuer. Aber es wäre zu überlegen. Haben Sie Zeichnungen mitgebracht?«

»Selbstverständlich.«

Slogan reichte ihm eine Zeichnung.

»Der Text ist bereits ins Schwedische übersetzt«, erklärte er. »Ich habe Angestellte, die alle europäischen Sprachen beherrschen.«

»Und wann ist die nächste Zeichnung fertig?«

»Sobald ich eine Inspiration habe.«

»Und wann wird das sein?«

»Morgen.«

»Ausgezeichnet. Bleiben Sie über Nacht in Byköping?«

Slogan zögerte einen Augenblick. Dann nickte er und erklärte, daß er in Algotssons Hospiz wohne.

»Gut«, erwiderte Agaton Sax. »Ich muß die Angelegenheit erst mit der Direktion besprechen, ehe ich eine Entscheidung treffen kann!« – Die Direktion bestand nämlich aus Agaton Sax und wurde zuweilen durch Tante Tilda verstärkt. – »Morgen, um 15 Uhr, können Sie sich Bescheid holen.«

Slogan nickte. Sein forschender Blick versuchte zu ergründen, ob der Redakteur etwa ein Doppelspiel treibe. Als er keinerlei Anzeichen dafür feststellen konnte, verabschiedete er sich von Agaton Sax, der die Tür öffnete und seinem gefährlichen Besuch aufmerksam nachschaute, während er die Treppe hinunterging.

Dann stellte sich Agaton Sax hinter die Gardinen und blickte auf die Straße hinab. Er sah, wie der Hundertdreizehnjährige zum Brunnen auf dem Platz vor dem Hause ging und sich hastig ein paar Schlucke Wasser pumpte. Nach dieser Beobachtung setzte sich Agaton Sax an den Schreibtisch. Er nahm die Zeichnung, die er soeben bekommen hatte, betrachtete sie kurz und legte sie dann auf sein mikroskopartiges Untersuchungsgerät.

Dieses Gerät war seine eigene Erfindung, mit deren Hilfe er das berühmte Untertassenproblem gelöst hatte. Er drehte die 275-Watt-Birne an, deren scharfes Licht Slogans Zeichnung gespenstisch erhellte. Er untersuchte nun jeden Quadratzentimeter, ja jeden Quadratmillimeter der Zeichnung. Seine Aufmerksamkeit war auf das äußerste gespannt.

Die Zeichnung stellte eine juwelengeschmückte Hand dar, die nach Bonbons griff. Auf den Papierhüllen der Bonbons bemerkte Agaton Sax einige Zahlen und Buchstaben, die er sich sorgfältig notierte. Folgender Text erläuterte die Zeichnung:

> Der unermeßlich reiche Maharadscha Ron-Him-Hok, der von 1632 bis 1710 lebte, bevorzugte eine bestimmte Art von Bonbons. Diese gab es aber nur in einer einzigen Stadt zu kaufen, in Kr-Djuptgirscha, die sich in einem anderen Land, Hin-Drogda, 1100 km vom Palast des Maharadschas entfernt, befand.

Zweihundert bewaffnete Kamelreiter begleiteten den Wagen, auf dem sich der Maharadscha die Bonbons bringen ließ. Die Fahrt dau-
erte zwei Monate. Daher kostete jedes Bon-
bon 200 Kronen. Im Sommer des Jahres 1710
fraßen die Kamele alle Bonbons auf. Als man
das dem Maharadscha meldete, starb er vor
Gram.

Nachdenklich studierte Agaton Sax diesen Bericht,
der sehr unschuldig klang. Dann streckte er die Hand
nach seinem großen Codebuch aus. Dieses Werk enthält
zahlreiche Ziffern, Tabellen und Gleichungen, mit deren
Hilfe man geheime, chiffrierte Mitteilungen zu lösen
vermag. Agaton Sax genoß den Ruf eines der genialsten Dechiffrierer der Welt, besonders wenn es sich um
schwierige Verschlüsselungen der grälischen, brosnischen
und anderer unbekannter Sprachen handelte. Er legte
einen großen Bogen weißes Papier vor sich auf den
Tisch, schrieb Ziffern und Buchstaben darauf, rechnete,
verglich mit dem Codebuch, begann wieder zu rechnen
und hatte nach ein paar Stunden intensivster Arbeit
eine Buchstabenreihe auf einen in Quadraten eingeteilten
Bogen Papier geschrieben.

KNANBRENTUFMORLEFAN
LENNSMUPIPTEKASESAG

Innerhalb weniger Minuten hatte er diese Buchstaben
geordnet und schrieb dann jene Worte auf, die daraus
gebildet werden konnten:

KARTOFFELSUPPE KANN MAN NUR
MIT GABELN ESSEN

Er starrte auf diese Worte. Dann sprang er auf.

»Unmöglich!« rief er. »Das große Codebuch ist ein
jämmerliches Ding!«

Er setzte sich wieder an seinen Schreibtisch und
dachte, daß er es mit seinem eigenen System versuchen
wolle. »Ich fange mit dem System 627 A-c an«, murmelte er. Dann vertiefte er sich wieder in Ziffern und
Buchstaben.

Eine Stunde nach der anderen verging. Er nahm nicht einmal von Tante Tilda Notiz.

Die Nacht senkte sich über Byköping, alles wurde ruhig und still, doch Agaton Sax saß noch immer geduldig an seinem Schreibtisch. In dem Augenblick, als die Kirchturmuhr Mitternacht schlug, hatte Agaton Sax folgende Buchstaben zusammengestellt:

IMETHRSMSNTWFTAITSLAHICHTTUEIAEE

Diese Chiffre war für Agaton Sax ganz leicht zu deuten, denn die scheinbar sinnlosen Buchstaben ergaben in richtiger Reihenfolge die Worte:

HIER STIMMT ETWAS NICHT HALTET SIE AUF

Sollte dies die geheime Botschaft sein? Aber was hatte sie zu bedeuten?

»Nein«, murmelte er, »das kann nicht stimmen. Mit System 627 A-c ist die Chiffre nicht zu lösen. Ich muß es mit dem B-System AC 73 D versuchen.«

Agaton schlug dieses System in seinem eigenen Chiffrebuch auf, holte seine Montagspfeife, denn es war ja inzwischen der nächste Tag angebrochen, und paffte große Rauchwolken in die Luft. Ein Bogen Papier nach dem anderen wurde mit Buchstaben beschrieben. Die Stunden vergingen. Aber Agaton Sax war keine Müdigkeit anzumerken. Sein wunderbar konstruiertes Gehirn arbeitete mit Hochdruck bis 2.47 Uhr morgens. Zu diesem Zeitpunkt hatte er folgende Buchstabenreihe zusammengestellt: DODINTIGENTEWEMOR
NIKSNIHOHMADTROPER

Im nächsten Augenblick hatte er die Buchstaben geordnet. Sie ergaben in englischer Sprache folgenden Satz:

KOH-MIH-NOR-DIAMOND IN SWEDEN.
GET IT. REPORT

Das heißt: Koh-Mih-Nor-Diamant in Schweden. Beschlagnahmt ihn. Gebt Nachricht.

»Gebt Nachricht? Wohin wohl? An wen?« murmelte Agaton Sax.

Das mußte er noch herausbekommen. Mit Hilfe des

Mikroskopes fand er weitere Zahlen und Buchstaben auf einem Bonbonpapier:

2ST7ENTR

2ESEALO

Es war nicht schwer zu erkennen, was diese Buchstaben bedeuten sollten: 227 Sloane Street.

»Also London«, murmelte Agaton Sax. Langsam erhob er sich. Sein Gesicht drückte große Befriedigung aus. Der Koh-Mih-Nor-Diamant in Schweden! Der Traum aller Diamantendiebe! Dieser unglaublich fein geschliffene Diamant, der einen Wert von rund 6,8 Millionen Kronen repräsentierte, der vor zehn Jahren in Indien gestohlen und von Polizisten und Detektiven der ganzen Welt gesucht worden war – diesem Diamanten war Agaton Sax jetzt auf der Spur! Gleichzeitig aber erkannte er, daß er es mit einer besonders gerissenen Bande zu tun hatte, die ihren Sitz in London und Helfershelfer in allen Ländern der Welt hatte. Einer von diesen Kumpanen war Slogan. Er mußte sogar eines der wichtigsten Mitglieder dieser Bande sein, denn ihre Anführer in London konnten durch seine Zeichnungen mit ihren geheimen Chiffrebotschaften ihre Befehle überall hinsenden. Diese Schurken waren viel unterwegs, und darum trachtete Slogan, seine Zeichnungen, die Nachrichten enthielten, mit Hilfe der Zeitungen zu veröffentlichen.

Allem Anschein nach war es einer anderen Bande gelungen, den Diamanten nach Schweden zu schmuggeln. Die Gangster in London hatten dies erfahren und schickten jetzt durch diese Zeichnung ihren Leuten in Stockholm, Göteborg und Filipstad ihre Befehle. Ein Gedanke beschäftigte jedoch Agaton Sax ganz besonders: Warum hatte sich Slogan mit seinen Zeichnungen ausgerechnet an ihn gewendet? Warum hatte er das Risiko, von Agaton Sax durchschaut zu werden, auf sich genommen, wenn es doch andere und größere Zeitungen in Schweden gab, deren Chefredakteure keine Detektive waren?

Als Agaton Sax nach siebenstündigem Schlaf erwachte, wußte er noch nicht, welche Schritte er unternehmen sollte. War es zweckmäßig, Slogans weitere Zeichnungen abzuwarten, um die nächste geheime Botschaft aus London zu entziffern? Oder sollte er sofort nach London fliegen und den Kampf mit der Bande aufnehmen? Er beschloß, zu warten, bis Slogan die nächste Zeichnung gebracht hatte. Vielleicht würde er neue, wichtige Mitteilungen finden. Er nahm mit Tante Tilda das Mittagessen ein und machte anschließend einen Spaziergang mit seinem Dackel Tickie. Zurückgekehrt, setzte er sich an seinen Schreibtisch und wartete auf Slogan, der sich Agatons Antwort holen sollte. Währenddessen dachte er an den Diamanten.

Plötzlich fuhr er zusammen. Das Telephon läutete schrill. Rasch nahm er den Hörer ab.

»Hallo!«

»Ist dort Agaton Sax?«

»Ja.«

»Hier ist Antonsson. Ich weiß eine Neuigkeit. Ich habe einen internationalen Verbrecher festgenommen.«

»Was für einen Verbrecher?«

»Das weiß ich noch nicht. Er sieht jedenfalls aus, als wäre er maskiert, ist es aber nicht. Das kommt mir unheimlich vor.«

»Darin haben Sie ganz recht«, antwortete Agaton Sax.

»Er ist Engländer.«

»Ein Engländer?« Agatons Stimme nahm unwillkürlich einen scharfen Ton an. »Trägt er eine Brille?«

»Ja, in der Tasche.«

»Einen Bart, Pumphosen?«

»Ja, das stimmt alles.«

Agaton Sax verstummte. War es möglich, daß der

Polizist Antonsson bereits den Verbrecher Slogan erwischt hatte? Agaton Sax beherrschte seine Aufregung und fragte ruhig:

»Warum haben Sie ihn festgenommen?«

»Wegen zu schnellen Fahrens. Als ich auf meiner Runde durch die Storgatan kam, brauste dieser Kerl in seinem Wagen heran. Ich hielt ihn an und gab ihm eine Verwarnung. Er verstand jedoch nicht, was ich sagte, und so redete ich ihn auf englisch an. Ich sagte: ›Es wäre wohl richtiger, junger Mann, wenn Sie in dieser Stadt etwas vorsichtiger fahren würden!‹«

»›Junger Mann‹ haben Sie gesagt?« rief Agaton Sax aus.

»›Warum denn das?‹ fragte dieser. ›Weil Sie es sonst mit Agaton Sax zu tun bekommen‹, antwortete ich. ›Was hat Agaton Sax mit dieser Stadt zu tun?‹ ›Eine ganze Menge‹, erwiderte ich, ›er ist hier Chefredakteur.‹ Da starrte er mich entsetzt an. ›Vielleicht bei der Byköpingpost?‹ rief er aus. ›Ja, bei der Byköpingpost. Hier sehen Sie das Redaktionsgebäude‹, sagte ich und zeigte auf das Haus.«

»Erzählen Sie weiter!« drängte Agaton Sax.

»›Genau da!‹ sagte ich, aber da hatte er schon wieder Gas gegeben und brauste davon. Ich dachte mir, dies müsse ein gefährlicher Gewohnheitsverbrecher sein, und nahm die Jagd mit meinem Fahrrad auf. Bei einem Eisenbahnübergang konnte ich ihn erwischen, weil die Schranken geschlossen waren.«

»Großartig!« rief Agaton Sax. »Ich komme sofort!«

Schnell nahm er seine Melone aus der Redaktionsgarderobe und rief Tante Tilda zu: »Ich muß zur Polizei!« Dann verließ er das Haus. Etwas atemlos trat er bei dem Polizisten Antonsson ein. Der große, magere Mann nickte ihm freundlich zu:

»Ich bin sicher, daß Sie über meinen Fang glücklich sind.«

»Hat er gesagt, wie er heißt?«

»Sicher. Slogan, wenn das ein Name sein soll. Er

platzte vor Wut. Die ganze Zeit behauptete er, ein anständiger Zeichner zu sein und daß er mich bei der internationalen Polizei anzeigen werde. Außerdem hat er um einen Rechtsanwalt zu seiner Verteidigung gebeten. Ich sagte ihm, daß wir hier in Byköping keine Rechtsanwälte hätten.«

»In Ordnung. Ich muß aber noch die nächste Zeichnung von ihm bekommen.«

»Die nächste Zeichnung?«

»Ich werde es Ihnen gleich erklären«, sagte Agaton Sax. »Das ganze ist eine verwickelte Geschichte. Wollen wir zunächst zu ihm gehen und ihn uns näher ansehen?«

Antonsson nickte und nahm den Schlüsselbund vom Haken.

Agaton Sax sagte dann:

»Darf ich Ihnen gratulieren? Sie haben einen der größten Verbrecher dieses und des vorigen Jahrhunderts gefangen. Ein ungewöhnlich schlaues Mitglied einer Bande, das sechsundachtzig Jahre lang der Polizei von Europa getrotzt hat.«

»Das ist doch nichts«, wehrte Antonsson bescheiden ab und sperrte die Zelle auf. Er hatte völlig recht. Es war wirklich nichts, absolut nichts – denn die Zelle war leer. Die beiden Männer stürmten hinein.

»Soeben ist er noch hier gewesen!« rief Polizist Antonsson.

Sorgfältig untersuchte Agaton Sax das Gitterfenster oder besser gesagt die Reste von dem, was einmal ein Gitter gewesen war. »Ganz einfach«, sagte er. »Eine gewöhnliche, kleine Gitterfeile hat dieses verrostete Gitter vor kurzem zersägt. Aber wie ich sehe, ist sein Auto auch fort.«

»Wir müssen sofort Scotland Yard benachrichtigen!« meinte Antonsson, der sehr blaß geworden war. »Die werden wütend sein. Es ist wirklich ein entsetzliches Unglück!«

»Nur die Ruhe bewahren!« sagte Agaton Sax und dachte angestrengt nach. »Es muß einen Ausweg geben.«

Er wanderte in der Zelle auf und ab; plötzlich wandte er sich an Antonsson: »Hören Sie zu: Das Allerwichtigste ist, daß Slogan nicht wieder gefangen wird.«

Antonsson stutzte verblüfft.

»Aber Sie haben doch soeben gesagt, er sei einer der gefährlichsten Verbrecher Europas!« rief er.

»Ja, gerade deswegen«, erwiderte Agaton Sax mit fester Stimme. »Slogan darf keinen Verdacht schöpfen, daß wir ihn verfolgen. Er muß in Freiheit weiterarbeiten. Wir müssen dafür sorgen, daß er Zeichnungen anfertigt, daß er seiner Phantasie freien Lauf läßt und seine Zeichnungen in ganz Europa verbreitet. Wir sind uns einig? Gut, dann fliege ich nach London.«

Erstaunt betrachtete Antonsson Agaton Sax, der sich in glühende Begeisterung hineingesteigert hatte. Schnell drückte Agaton dem Polizisten die Hand und eilte in die Redaktion. Wie ein Pfeil schoß er die Treppe hinauf, packte seinen kleinen Koffer und rief Tante Tilda. Im allgemeinen lenkte diese den Haushalt mit fester Hand. Sobald jedoch große und wichtige Ereignisse eintraten – wenn beispielsweise ein Verbrechen seine Schatten über Byköping warf oder wenn Scotland Yard Agatons Hilfe beanspruchte –, dann übernahm dieser mit überlegener Kraft das Kommando über Tante Tilda. Jetzt stand er am Tisch – den einen Finger hatte er in seinen Mantel geschoben und trommelte mit der anderen Hand auf die Tischplatte.

»Nun, Agaton?« fragte Tante Tilda, die mit rotgeblümter Schürze in der Türöffnung aufgetaucht war.

»Ich fliege jetzt nach London. Merke dir folgendes ganz genau: Erstens: Slogans Serie ›Die ungeschminkte Wahrheit‹ muß in die Zeitung aufgenommen werden. Es interessiert dich vielleicht, daß die Texte eine geheime Botschaft enthalten, die mit meinem B-System AC 73 D entziffert werden kann. Zweitens: Falls Herr Slogan hier selbst erscheinen sollte, sage ihm, ich sei mit seiner Serie außerordentlich zufrieden und käme am Freitag zurück. Drittens: Vergiß nicht, Tickie am Donnerstag einen Kalbsknochen zu geben. Hast du alles begriffen, Tante Tilda?«

»Ja, Agaton.«

»Das ist recht.«

»Vergiß nicht, die Pillen einzunehmen!« rief Tante Tilda Agaton Sax nach, als er mit einem kräftigen Ruck den Koffer auf die Leiter hob, die zum Dachboden führte.

»Nein, auf Wiedersehen, Tante Tilda!« rief Agaton Sax und verschwand oben auf der Leiter. Ein paar Minuten später stand er auf dem Dach. Der Motor des Hubschraubers sprang an. Mit seiner Melone winkte er noch rasch Tante Tilda und Tickie zu, die im Hof standen und heraufsahen; dann stieg der Hubschrauber in die Höhe und nahm Kurs nach Südwesten.

Für seinen Flug nach London benötigte Agaton Sax sechs Stunden. Als er den Londoner Flugplatz überflog, schickte er einen Funkspruch an das Bodenpersonal:

»Hier ist Agaton Sax mit dem Schnellhubschrauber ›Hermes‹ XP 677. Gemäß einer Übereinkunft mit Scotland Yard und der obersten Paßkontrolle brauche ich keinen Paß vorzuweisen.«

Der Funker auf dem Flugplatz antwortete reichlich unverschämt: »Wenn Sie Agaton Sax sind, dann bin ich der alte Noah. Landen Sie sofort und zeigen Sie die Nummer Ihres elenden, fliegenden Schaukelstuhls, andernfalls werden wir Sie herunterholen!«

Agaton Sax erbleichte vor Wut. Er antwortete: »Ich merke, daß Sie entweder der alte Noah oder einer seiner beiden Esel in der Wüste sind. Machen Sie als Esel weiter und kümmern Sie sich nicht um Dinge, die weit über Ihren Horizont hinausgehen.«

Ein wenig später kam folgende Antwort:

»Hier spricht der Oberfunker. Ich bedaure den traurigen Irrtum meines Funkers, der den alten Noah nicht von sich selbst und Agaton Sax nicht von einem Betrüger unterscheiden kann. Ich heiße Sie in London willkommen und weise Ihnen eine Höhe von 108 Metern an.«

»Verbindlichen Dank«, erwiderte Agaton. »Bitte teilen Sie dem Hotel Sniff mit, es möge sein Dach zur Landung bereitmachen.«

Eine Stunde später hatte er bereits gebadet, eine Ansichtskarte an Tante Tilda geschrieben und seinen Plan für den morgigen Tag zurechtgelegt. Um sieben Uhr früh stand er auf und ging mit gewohnter Geschwindigkeit zu Werke. Vom Dach aus konnte er mit seinem kugelsicheren Fernglas sehr deutlich Sloane Street Nr. 227 sehen. Es war ein funkelnagelneues, achtstöckiges Haus. Nachdenklich rieb sich Agaton Sax das Kinn. Wie sollte er nur am raschesten und sichersten herausbekommen, in welchem Stockwerk die Bande ihren Unterschlupf hatte? Er zündete sich seine Dienstagspfeife an und paffte heftig. Während der Rauch in dichten Wolken zum Londoner Himmel emporstieg, klärten sich seine Gedanken.

Es war doch alles ganz einfach. Er malte ein Schild und befestigte es am Hubschrauber. Darauf stand: GESELLSCHAFT FÜR BAUÜBERPRÜFUNG.

Dann zog er eine Inspektorsuniform an und nahm eine Sauerstoffmaske, damit ihn niemand erkannte. Dann fuhr er los. Als er zu dem großen Hochhaus gekommen war, ließ er »Hermes« von einem Stockwerk zum anderen auf- und niedergleiten. Korrekt grüßte er alle, die ihn erstaunt oder böse aus ihren Fenstern anstarrten, und machte dauernd Notizen, allem Anschein nach im Auftrag der Gesellschaft für Bauüberprüfung.

Was aber niemand wußte oder merken konnte, war, daß Agaton Sax während der ganzen Zeit mit Hilfe seiner eigenhändig konstruierten Kleinfilmkamera alles filmte, was in diesen Räumen zu sehen war. Bereits einige Stunden später entwickelte er den Film. Dabei hatte er nur ein einziges Ziel: Er wollte nicht sehen, was die Menschen in den verschiedenen Stockwerken machten, sondern nur feststellen, wie sie aussahen. Es war nicht schwer für ihn, jene Personen sofort auszuschließen, deren Aussehen auf keinen Fall auf verbrecherische Anlagen deutete.

Als Agaton Sax die Aufnahmen, die durch ein hofseitiges Fenster im fünften Stock gemacht wurden, aufmerksam betrachtete, zweifelte er keinen Augenblick daran, daß hier die Diamanten-Bande zu Hause war.

Vor allem einem der Männer schenkte er genauere Beachtung. Dann nickte er nachdenklich.

»Kein Zweifel, das ist Octopus Scott«, murmelte er. »Einer der gefährlichsten Verbrecher der Welt. Welche Genugtuung, ihn zu fangen!«

Inzwischen war es Abend geworden. Er nahm ein Taxi und fuhr zur Sloane Street Nr. 227, mußte aber feststellen, daß das Büro der Bande leer war. Daher beschloß er, den nächsten Tag abzuwarten. Doch schon eine Stunde später kam ihm ein genialer Einfall.

Sogleich rief er Inspektor Lispington von Scotland Yard an. Dieser war sehr freundlich und sagte:

»Natürlich, Herr Sax, wir schicken Ihnen sofort ein paar Leute, die Wanddurchbrüche machen können, und einige Experten für Tonverstärkung, und was Sie sonst noch wünschen. Wir haben ja die ganze Nacht vor uns. Der Name Octopus Scott versetzt Scotland Yard in höchste Alarmbereitschaft.«

Natürlich wäre Inspektor Lispington gerne dabei gewesen, wenn Agaton Sax den Kampf mit dieser Bande aufnahm. Aber er wußte nur zu gut, daß es der schwedische Chefredakteur vorzog, allein zu arbeiten. Wer in den stillen Nachtstunden das Haus Sloane Street Nr. 227 beobachtete, konnte sehen, daß in dem großen Gebäude fremde Leute aus und ein gingen. Sie waren mit Werkzeugtaschen versehen, mit Projektoren, Meßinstrumenten, mit Tonbandgeräten, Mikrophonen, Kameras und vielen anderen Dingen. Sie begaben sich alle in den Raum, der neben dem Büro der Bande lag. Hier empfing sie Agaton Sax, der die Arbeiten persönlich leitete. Die Instrumente und Apparaturen wurden rasch aufgestellt und in die Wand, die an das Zimmer der Banditen angrenzte, ein kleines Loch gebohrt. In diese Öffnung wurde die von Agaton Sax eigens konstruierte Fernsehkamera montiert, die alles festhielt, was im Nebenraum vor sich ging und das Bild auf einem großen weißen Schirm wiedergab.

Agaton Sax rieb sich vergnügt die Hände. Es war vier Uhr früh. Er dankte allen für die geleistete Arbeit und entließ sie. Um neun Uhr morgens, nach ein paar Stunden Schlaf, vernahm Agaton Sax, daß ein Schlüssel in die Tür des Nebenraumes gesteckt wurde. Er beobachtete auf dem Bildschirm, wie sich die Tür öffnete. Ein Mann wurde sichtbar. Kein Zweifel: Es war Octopus Scott.

Nichts war vor seinen langen Armen sicher. Nach Meinung von Agaton Sax mußte er vielfacher Millionär sein, denn er hatte die frechsten und einträglichsten Gold- und Juwelendiebstähle der Kriminalgeschichte begangen. Er war nicht umsonst ein rücksichtsloser Verbrecher, der vor keiner Gefahr zurückschreckte.

Octopus Scott ging sofort zum Geldschrank und öffnete ihn, ohne zu wissen, daß Agaton Sax gleichzeitig die von ihm benützte Chiffrekombination notierte. Er nahm einige tausend Pfund heraus und stopfte sie in seine hintere Hosentasche, trat ans Fenster und öffnete es. Er blickte nach allen Seiten, schloß das Fenster wieder und setzte sich an den Tisch. Während er eine Zigarre rauchte, trommelte er mit den Fingern auf die Tischplatte. Agaton Sax beobachtete ihn mit größter Aufmerksamkeit.

Welch gefährlicher Gegner! In Scotts Augen konnte man Schlauheit und Rücksichtslosigkeit lesen. Alle Verbrechen, die diesen Bandenchef zum Schrecken von Scotland Yard gemacht hatten, fielen Agaton Sax ein: Der riesige Goldschmuggel unter dem Ärmelkanal vor zwei Jahren oder der Raub des ganzen Staatsschatzes der Merzegowina und vieles andere. Und dennoch – dieser Octopus Scott, ein Fürst in der Verbrecherwelt, hätte sich nicht in seiner wildesten Phantasie ausmalen können, daß sich der gefährlichste aller Bekämpfer des Verbrechens im Zimmer nebenan befand und in Ruhe seine Mittwochspfeife rauchte, während er sein Opfer beobachtete.

Die Tür wurde wieder geöffnet. Unfreundlich tadelnd sagte Octopus Scott:

»Die Herren kommen zehn Minuten zu spät. Das wird wie immer vom Lohn abgezogen.«

Die beiden Neuangekommenen traten unter vielen Entschuldigungen zum Tisch. Octopus Scott betrachtete sie mit halbgeschlossenen Augen. Dann schlug er mit dem Revolver auf die Tischplatte zum Zeichen dafür, daß die Besprechung eröffnet sei, und sagte:

»Meldung! Fang du an, Charly.«

Charly war ein kleiner, ziemlich gedrungener Kerl, der einen verschreckten Eindruck machte. Er räusperte sich und sagte:

»Wie immer ist die Zeichnung in allen europäischen Zeitungen erschienen. Der Text lautet: Koh-Mih-Nor-Diamant in Schweden. Beschlagnahmt ihn. Gebt Nachricht.«

»In Ordnung«, erwiderte Octopus Scott. »Und wie heißt der heutige Text?«

Charly räusperte sich, zog bedächtig eine englische Morgenzeitung aus der Tasche und reichte sie Octopus Scott.

»Was ist denn los?« fragte dieser ungeduldig.

»Die Zeichnung … die Zeichnung ist nicht drinnen«, sagte Charly und seufzte tief.

»Anscheinend hat Slogan für die heutige Ausgabe keine Zeichnung geschickt«, meinte Sandy, ein magerer, sommersprossige Mann Mitte Dreißig.

»Wieso hat er nichts geschickt?« brüllte Octopus Scott. »Was soll das bedeuten? Fünf Jahre hindurch hat er fünf Zeichnungen wöchentlich gemacht, und immer sind sie rechtzeitig angekommen. Wie lautet der Text für die heutige Zeichnung?«

»Sucht weiter in Schweden nach dem Diamanten. Er ist sicher in der Stockholmer Altstadt!«

»Wann hat Slogan diesen Text bekommen?«

Charly rutschte auf dem Sessel hin und her.

»Gestern habe ich versucht, ihn anzurufen, um ihm den Text durchzugeben.«

»Und?«

»Ich habe ihn nicht erreicht. Er meldete sich nicht. Den ganzen Tag habe ich es versucht: 38 Gespräche!«

»Wo hast du ihn angerufen?«

»In einem kleinen Nest, das Byköping heißt. Er hat uns dort eine Nummer gegeben.«

»Verdammt, was wollte er in diesem gottverlassenen Ort? Vielleicht im Sand spielen?«

»Woher sollen wir das wissen? Möglicherweise hat er einen Sonnenstich bekommen!«

»Einen Sonnenstich? Dort oben, dicht unter dem Nordpol? Ihr Idioten!« Octopus Scott kaute aufgeregt an seiner Zigarre.

»Sind denn noch keine Meldungen von unseren Mitarbeitern aus Stockholm und Umgebung eingelangt?«

»Nein.«

Octopus Scott fuhr von seinem Schreibtischsessel hoch. Die beiden Männer bebten vor Angst, denn das war ein untrügliches Zeichen dafür, daß der Chef vor Wut beinahe platzte.

»Gibt es denn in unserer Liga keinen einzigen Menschen, der seinen Verstand am rechten Fleck hat?« brüllte Octopus Scott. »Wollen wir den Diamanten haben oder ihn Hale Joe's Bande überlassen?«

In diesem Augenblick läutete es, und ein Bote brachte ein Telegramm. Octopus Scott riß es hastig auf.

»Endlich Leute, die noch nicht ganz verrückt sind!« rief er. »Hört: ›Haben Nachricht in der Byköpingpost gelesen stop Diamanten aufgespürt stop Bald mehr stop Jim und Slim.‹ Das hat wenigstens Sinn und zeigt von Verstand! Charly, schaff sofort diese schwedische Zeitung von gestern herbei!«

Charly verschwand, und alle anderen warteten schweigend. Sandy saß still auf seinem Platz und drehte die Daumen, um sich die Zeit zu vertreiben. Als ihn ein Blick von Octopus Scott traf, stellte er diese Beschäftigung sofort ein. Nach einer halben Stunde kehrte Charly zurück. Zu seiner unvorstellbaren Freude beobachtete Agaton Sax, daß ein Exemplar seiner eigenen Zeitung auf den Tisch gelegt wurde.

»Was ist denn das?« fragte Octopus Scott in grimmigem Ton. »Soll das vielleicht eine Zeitung sein? Sieht eher aus wie ein Plakat für den Viehmarkt! Wo ist die Zeichnung? Her damit!«

Er vertiefte sich in das Bild. Dann faltete er die Zeitung zusammen und kaute wieder an seiner Zigarre. Er starrte auf die erste Seite der Byköpingpost und zeigte plötzlich auf die Zeile unter dem Titel des Blattes. Hier konnte man deutlich lesen: *Chefredakteur, Eigentümer und verantwortlicher Herausgeber: Agaton Sax.*

»Agaton Sax«, rief Charly.

Einen Augenblick lang herrschte eisiges Schweigen. Nicht ohne Stolz genoß Sax diese dramatische Situation.

»Um Himmels willen!« entfuhr es Sandy.

»Wir sind verloren!« schrie Charly.

»Maul halten!« brüllte Octopus Scott und schlug mit der Faust auf den Tisch. »Jetzt hilft nur Denken.«

Die beiden Männer dachten zähneknirschend nach, während Octopus Scott im Zimmer auf und ab ging und große Rauchwolken ausstieß. Plötzlich blieb er stehen und sagte:

»Jetzt könnt ihr eure verrosteten Gehirnapparate wieder abschalten. Ich kann es nicht länger anhören, wie es in ihnen kracht und knirscht. Die Lage ist folgende: Als ich erfuhr, daß der Koh-Mih-Nor-Diamant in Schweden aufgetaucht war, gab ich Slogan den Befehl, seine Zeichnungen auch in einigen schwedischen Zeitungen erscheinen zu lassen, damit wir unsere Mitarbeiter Jim und Slim in Stockholm so schnell wie möglich verständigen könnten. Und da wir immer für die Veröffentlichung der Zeichnungen kleinere Zeitungen bevorzugen, um weniger Aufsehen zu erregen, wählte Slogan die kleinste schwedische Zeitung, dieses komische Blatt hier, das ausgerechnet Agaton Sax gehört!«

»Wir sind verloren«, stöhnte Charly und ließ sich in seinen Sessel zurückfallen.

»Maul halten!« fuhr Octopus Scott fort. »Slogan gab die erste Zeichnung in die Byköpingpost, die hier vor uns liegt. Und was geschah weiter? Versucht doch wenigstens einmal, eine Sekunde nachzudenken! Ich weiß es: Slogan stellte plötzlich fest, daß er bei Agaton Sax gelandet war, und bekam solche Angst, daß er sich aus dem Staub machte. Und darum hast du, Charly, keine Antwort bekommen, als du achtunddreißigmal versucht hast, ihn anzurufen. Wir können also Jim und Slim keine Nachricht zukommen lassen. Was sollen wir nur tun?«

Er nahm seine unruhige Wanderung durch das Zimmer wieder auf, und immer dichtere Rauchwolken hüllten ihn ein. Charly hatte sich den Kragen aufgerissen und fächelte sich mit einer falschen Hundertpfundnote Luft zu. Hin und wieder stöhnte er leicht auf. Vor Schrecken wäre er beinahe vom Stuhl gefallen, als Octopus Scott plötzlich stehenblieb, sich gegen die Stirn schlug und in lautes, wieherndes Lachen ausbrach:

»Warum regen wir uns eigentlich auf? Slogan hat wieder eine seiner üblichen Dummheiten gemacht, die dreiundvierzigste in einem knappen Jahr – und wenn schon! Wir brauchen seine verfluchten Zeichnungen nicht. Wir schaffen es auch allein! Bildet ihr euch vielleicht ein, daß Agaton Sax unsere Nachricht dechiffrieren konnte? Wie hätte er das fertigbringen sollen? Glaubt ihr vielleicht, daß ich, Octopus Scott, Angst vor diesem kleinen, jämmerlichen Fettwanst hätte, selbst wenn er unsere Mitteilung entziffern konnte? Nie im Leben!«

Agaton Sax hörte diese Schmähung mit unerschütterlicher Ruhe an, doch unbeschreibliche Verachtung malte sich auf seinem Gesicht. Wie lange sollte er das noch erdulden? War es nicht an der Zeit, gegen dieses gemeine Großmaul einzuschreiten? Doch Agaton Sax beschloß, den geeigneten Augenblick abzuwarten.

Octopus Scott setzte sich an den Tisch. Er wußte nun, was er wollte, und sagte zu seinen Gefährten:

»Eure Spatzenhirne haben natürlich noch nicht herausbekommen, was wir tun müssen. Für mich ist der Fall klar: Wir fliegen nach Schweden. Und zwar sofort!«

Zitternd stand Charly auf.

»Aber Agaton Sax ... der ist doch in Schweden ... wir können doch unmöglich ...«

In diesem Augenblick bemerkte Agaton Sax etwas, was die anderen nicht sehen konnten: Die Tür zum Zimmer der Verbrecher war vom Korridor aus vorsichtig geöffnet worden. Agaton Sax starrte wie gebannt dorthin und erblickte einen blinkenden Revolver, der auf die drei Verbrecher am Tisch gerichtet war – ein weiterer Revolver folgte, direkt auf Octopus Scott gerichtet, der noch nichts bemerkt hatte.

Agaton Sax war von seinem Sessel aufgesprungen und folgte mit seinen Blicken fasziniert dem dramatischen Vorgang. Zum erstenmal in seinem Leben wußte er nicht, was er machen sollte, sondern hielt nur den Atem an, und das, ohne zu wissen, welche Überraschung ihm noch bevorstand.

Octopus Scott schlug mit der Faust auf den Tisch und brüllte: »Agaton Sax? Hast du etwa Angst vor diesem Fettwanst? Den zwicke ich in die Nase, wenn ich ihn sehe!«

In diesem Augenblick wurde die Tür aufgerissen, Octopus Scott und seine Spießgesellen starrten in zwei Revolvermündungen, und eine Stimme sagte:

»So, wirklich, Mr. Octopus Scott? Sie wollen Agaton Sax in die Nase zwicken? Bitte sehr, zwicken Sie nur, Er steht vor Ihnen!«

Als Agaton Sax diese Szene auf dem Fernsehschirm verfolgte, unterdrückte er kaum einen Ruf der Bestürzung. Denn von seinen zahlreichen Erlebnissen war dieses wohl das merkwürdigste. Wie war es möglich, daß er, der hier vor dem sinnreich angebrachten Fernsehapparat saß und beobachtete, was sich im Nebenraum abspielte, sich selbst, Agaton Sax, im angrenzenden Zimmer sehen konnte? Denn es bestand kein Zweifel, daß Agaton Sax nebenan stand und mit zwei Revolvern auf die drei Verbrecher zielte. Wenn ich nicht wüßte, daß ich hier sitze, würde ich glauben, daß ich tatsächlich selbst dort drinnen stünde; oder vielleicht träume ich auch, daß ich nicht hier bin, sondern drüben stehe; oder ich träume, daß ich hier bin und nicht dort?

Blitzartig rasten diese Gedanken durch Agatons Gehirn, und nur eine einzige Sekunde benötigte er, um zu begreifen, daß der Mann, der soeben das Zimmer der Schurken betreten hatte, ein ungewöhnlich geschickter Betrüger war. Atemlos verfolgte Agaton Sax die Szene, die sich jetzt nebenan abspielte. Agatons Doppelgänger schloß die Tür hinter sich. Er hatte die Melone etwas in den Nacken zurückgeschoben und war elegant gekleidet, genau wie der richtige Agaton Sax; sogar das seidene Taschentuch lugte aus der Brusttasche. Und nicht genug damit: Er beherrschte auch, wie Agaton Sax, die schwere brosnische Sprache, denn die Worte, die er jetzt sagte, sprach er in tadellosem Brosnisch:

»Tjep Oct-kantarossantarasta hep-opus latjannarossara hej!« (Ich freue mich, Sie zu sehen, Octopus!)

»Das ist er, ich erkenne ihn nach den Polizeiberichten der Zeitung«, flüsterte Charly mit stotternder, halb erstickter Stimme. »Habe ich es nicht gesagt? Wir sind verloren!«

Die drei Männer hatten sich dicht zusammengedrängt,

ihre Gesichter waren aschgrau, und sie schlotterten an allen Gliedern. Octopus Scott versuchte, eine unbefangene Haltung zur Schau zu tragen, schielte aber gleichzeitig zu seinem Revolver hinüber, der noch auf dem Tisch lag. Der Doppelgänger blickte auf den Revolver in seiner linken Hand und sagte mit überlegenem Hohn:

»Vergessen Sie nicht, Mr. Scott, daß ich mit der linken Hand genauso gut schieße wie mit der rechten. Ich habe bei einigen Weltmeisterschaften die Linke-Hand-Goldmedaille errungen.«

»Was wollen Sie hier?« fragte Scott mit gespielter Ruhe.

»Ich habe den Auftrag, zu kontrollieren, ob Ihr Geld echt oder falsch ist«, erwiderte der Doppelgänger.

»Geld? Ich bin ein ehrlicher Mann, ich habe überhaupt kein Geld!« rief Octopus Scott.

»Um so besser! Wenn das Geld, das im Tresor liegt, nicht Ihnen gehört, dann werden Sie wohl nichts dagegen haben, wenn ich es an mich nehme«, sagte der Doppelgänger mit liebenswürdigem Lächeln. »Aber beeilen Sie sich bitte, ich habe nicht viel Zeit!«

Rasch trat Octopus Scott an den Tresor, wo er vergeblich versuchte, mehrere zehntausend Pfund vor den wachsamen Blicken des Doppelgängers zu verstecken. Mit einem einzigen Blick stellte dieser fest, welche Notenbündel falsch und welche echt waren; die ersteren schob er Octopus Scott zu, die letzteren stopfte er in seine eigenen Taschen. In Octopus Scotts Augen schimmerte etwas wie eine Träne, als er ein Bündel echter Banknoten nach dem anderen in den tiefen Taschen des Doppelgängers verschwinden sah. Für ihn schien dieser Augenblick fast unerträglich zu sein. Die Gedanken wirbelten in seinem Kopf herum, und sein Herz blieb fast stehen, als die letzte Geldnote verstaut war.

»Nun ja, das wäre in Ordnung«, sagte der Doppelgänger und klopfte leicht auf seine prallen Taschen. »Nun bitte ich noch um den Inhalt Ihrer Brief- und Hosentaschen. Haben Sie die Liebenswürdigkeit, mir auch noch diese zu zeigen. In Ordnung, danke sehr. Das scheint ja die schöne, runde Summe von fünfzigtausend Pfund zu sein.«

Nun nahm der Doppelgänger das Zimmer in Augenschein. Schließlich verbeugte er sich:

»Ich danke Ihnen für Ihre Liebenswürdigkeit, meine Herren. Sie haben von Scotland Yard nichts zu befürchten. Ich werde den Herren dort nicht mitteilen, daß ich Sie aufgespürt habe. Doch rate ich Ihnen ernstlich, einen geraden Weg einzuschlagen. Ich werde in Zukunft Ihre Unternehmungen sehr genau verfolgen und Ihnen alles Geld abnehmen, das Sie auf unehrliche Weise verdienen. Und noch etwas: Versuchen Sie nicht, mir zu folgen. Vor allem: Schießen Sie nicht, wenn ich die Tür von draußen schließe. Das würde nur unangenehmes Aufsehen erregen. Tram karrossantonnaranOct lantaran opus!« (Auf Wiedersehen, Octopus!)

Einen Augenblick später war er wie ein Aal durch die Tür geglitten, die er sofort von außen abschloß.

Eine Sekunde lang wußte Agaton Sax keinen Rat: Sollte er in seinem Raum bleiben, oder sollte er den Betrüger verfolgen? Aber dann wurde ihm klar: Wenn Scott einer der gefährlichsten Verbrecher der Welt war, dann mußte dieser Fremde mindestens doppelt so gefährlich sein, da er unter seiner, Agatons, Flagge segelte.

Mit raschem Sprung war Agaton Sax bei der Tür und riß sie auf. Für einen Augenblick sah er noch seinen Doppelgänger – er verschwand gerade um die Ecke des Korridors. Die Situation schien außerordentlich gefährlich. Jeden Augenblick konnten Octopus und seine Gesellen aus der Nebenwohnung herausgestürzt kommen, und da durfte Agaton Sax nicht gesehen werden; außerdem mußte er die Tür zu seinem eigenen Zimmer abgeschlossen haben, damit die Schurken nicht eindringen und seine Pläne durchschauen konnten. Blitzschnell schloß er daher die Tür ab und lief hinter dem frechen Betrüger her. Da – er verschwand im Fahrstuhl. Doch Agaton Sax rannte die Treppe mit staunenerregender Schnelligkeit hinunter. Dennoch vergrößerte sich der Vorsprung des Doppelgängers. Als Agaton Sax auf den Gehsteig hinaustrat, war der andere wie vom Erdboden verschluckt.

Agaton Sax biß sich auf die Unterlippe. Wie ärgerlich – ja geradezu gefährlich! Was konnte dieser Verbrecher noch alles anstellen! In Gedanken versunken, betrat Agaton Sax den Fahrstuhl und fuhr in den fünften Stock. Sodann begab er sich in sein Zimmer und stellte mit Hilfe des Fernsehschirmes fest, daß die Verbrecher ihr Büro verlassen hatten, wahrscheinlich, um die Jagd nach dem Doppelgänger aufzunehmen. Im selben Augenblick hörte er aufgeregte Stimmen im Korridor. Er öffnete die Tür einen Spalt breit. Zwei der Verbrecher standen beim Fahrstuhl. Die beiden Fahrstuhlführer gestikulierten wild und aufgeregt.

»Ist er jetzt hinauf- oder hinuntergefahren?« rief Octopus.

»Hinauf«, sagte der eine Fahrstuhlführer.

»Nein, hinunter«, antwortete der andere.

»Wann fuhr er hinauf und wann hinunter?«

»Soeben. Er fuhr mit meinem Aufzug hinunter und verschwand auf der Straße. Das ist eine Minute her.«

»Das stimmt nicht! Er kam von der Straße und fuhr mit mir hinauf. Vor einer Minute!«

»Und wohin ist er gegangen?« fragte Octopus Scott und warf seine Zigarre wütend fort.

»Er bog links in den Korridor ein.«

»Falsch! Er kam vom linken Korridor.«

Nun mischte sich ein Laufjunge in das Gespräch, der aufmerksam der Beschreibung von Agaton Sax und seinem Doppelgänger gelauscht hatte, und sagte:

»Er ist gar nicht mit dem Fahrstuhl hinuntergefahren. Er ist die Treppe hinuntergerannt. Ich habe ihn selbst gesehen. Und ich habe auch vor zehn Minuten gesehen, wie er die Treppe hinaufschlich.«

»Stimmt!« rief der eine Fahrstuhlführer. »Ich sah, wie er die Treppe heruntergelaufen kam!«

»Du bist ja verrückt! Wenn das stimmt, dann fress'
ich einen Besen!« rief der andere. »Ich habe ihn doch
selber in meinem Fahrstuhl hinuntergefahren. Einen
Menschen, der so aussieht, vergißt man nicht so schnell!«

»Dummköpfe!« rief Octopus Scott und trampelte
wütend auf seinem Strohhut herum. Dann rannte er
wieder in sein Büro. Agaton Sax verschwand rasch in
seinem Zimmer und machte es sich in seinem Sessel
bequem. Wie besessen ging Octopus Scott nebenan auf
und ab, hob beschwörend die Hände zur Decke, schimpfte
und fluchte, steckte seinen Kopf in den Tresor und stellte
sich dann vor das Fenster, als wollte er hinausspringen.
Nachdem dies traurige Schauspiel zwei Stunden ge-
dauert hatte, begann Agaton Sax hungrig zu werden.
Da wurde die Tür zum Zimmer der Schurken geöffnet,
und die beiden Gesellen tauchten auf.

»Nun?« rief Octopus Scott. »Habt ihr ihn?«

Sie schüttelten ihre Köpfe und schwiegen angsterfüllt.

»Wenn wir bis dahin nicht die Geduld verlieren, ge-
lingt es uns vielleicht morgen, ihn zu finden«, sagte
Charly und machte einen schwachen Versuch zu lächeln.
Octopus Scott starrte ihn an. Schon wollte er losbrüllen,
doch ein Klopfen an der Tür hinderte ihn daran. Ein
Telegrammbote erschien. Mit zitternden Händen riß
Octopus Scott das Telegramm auf, und sein Gesicht
begann zu strahlen:

»Wir sind gerettet! Hört zu: ›Diamant morgen in
unseren Händen stop erwarten Befehle durch Byköpingpost stop Jim und Slim.‹ Großartig! Phantastisch! Wir
sind um 6,8 Millionen reicher!«

Charly hob matt und verzagt die Hand.

»Aber...aber wie...«, sagte er.

»Aber wie, aber wie, was wie!« brüllte Octopus Scott,
dessen Miene sich wieder verfinstert hatte.

»Wie... aber wie ... wie können wir Jim und Slim
Befehle zukommen lassen, wenn wir keine Verbindung
mit Slogan haben? Wir können auch nicht an Jim und
Slim telegraphieren, weil wir nicht wissen, wo sie sich

aufhalten. Die Zeichnung in der Byköpingpost war unsere einzige Hoffnung. Es ist aus. Wir sind verloren.«

Endlich ging Octopus Scott die entsetzliche Wahrheit auf. Er glich jetzt einer Gewitterwolke, die sich auf der Stelle entlud. Charly und Sandy blieb nichts anderes übrig, als sich zu verkriechen. Als das Schlimmste überstanden war, erklärte Octopus Scott: »Es gibt nur eines für uns: Wir müssen nach Schweden fliegen und die Angelegenheit selbst in die Hand nehmen.«

»Aber wir haben doch kein Geld«, wagte Charlie einzuwerfen.

»Dann müßt Ihr eben welches beschaffen. Und auch ein Flugzeug. Stehlt eines, baut eines, macht, was ihr wollt, aber spätestens morgen nachmittag fliegen wir. Hier habt Ihr zwölf shilling und sechs pence. Kauft das ausgezeichnete Buch ›Do it yourself‹ (Hilf dir selbst). Wie baue ich ein Flugzeug? – Morgen früh um neun sehen wir uns wieder.«

Am gleichen Abend, um halb zehn Uhr, saß Inspektor Hieronymus Lispington von Scotland Yard in seinem Büro und studierte aufmerksam interessantes Beweismaterial. Er hatte Spuren von einer Bande gefunden, die in den südwestlichen Stadtteilen Londons ihr Unwesen trieb. Er zeigte keine Spuren von Müdigkeit nach dem intensiven Suchen des letzten Tages. Plötzlich klingelte das Telephon. Er nahm den Hörer ab:

»Hallo!«

»Inspektor Lispington?«

»Ja, am Apparat!«

»Guten Abend, Inspektor! Hier ist Agaton Sax.«

»Ah, guten Abend. Ich warte schon darauf, von Ihnen zu hören. Wie weit sind Sie?«

»Alles geht planmäßig.«

»Werden wir sie kriegen?«

»Selbstverständlich.«

»Ausgezeichnet. Und wann?«

»Ich schlage vor, morgen 17 Uhr, Sloane Street Nr. 227, fünfter Stock.«

»Gut, Mr. Sax. Und wen treffen wir dort?«

»Charly Barly und Sandy Handy.«

»Hm. Entschuldigen Sie, Mr. Sax, das ist nicht gerade viel. Mit diesen Namen kann ich nicht viel anfangen.«

»Ich verstehe, Inspektor Lispington. Aber vielleicht kennen Sie den Namen Octopus Scott?«

»Octopus Scott? Sie wollen doch damit nicht etwa sagen, daß Sie...«

»Doch, doch!«

Lispington schwieg. Er hätte sich eigentlich über diese umwerfende Neuigkeit freuen müssen, daß dieser Verbrecher, den die Polizei noch nie zu Gesicht bekommen hatte, endlich dingfest gemacht werden sollte. Aber es bedrückte Inspektor Lispington doch sehr, daß es ihm nicht selbst gelungen war, diesen Gold- und Tintenfisch einzufangen.

»All right, Mr. Sax. Wir werden zur Stelle sein. Sie können sich auf uns verlassen. Sie werden auch da sein?«

»Selbstverständlich.«

Einen Augenblick lang herrschte Schweigen. Dann sagte Inspektor Lispington:

»Hallo, Mr. Sax, sind Sie noch da?«

»Ja, ich denke gerade über etwas nach.«

»Ich verstehe. Kann ich Ihnen irgendwie behilflich sein, Mr. Sax?«

»Ja. Und zwar in einer sehr wichtigen Sache. Ich weiß nicht, ob ich das telephonisch besprechen kann.«

»Warum denn nicht, Mr. Sax? Hier ist niemand, der uns hören könnte.«

»Dann ist es ja gut. Ich werde es sagen.«

Inspektor Lispington lauschte gespannt und machte Notizen auf seinem Block.

»Ich verstehe«, sagte er, »ja, ja ... entschuldigen Sie, sagten Sie Bobbelgem? ... Ja, ja ... ich fragte, ob Sie Bobbelgem sagten, Mr. Sax. Nein ... ja, so ... Doppelgänger ... aber das ist ja unerhört ... Wie ist es ...? Zwei Agaton Sax, das sind zwei zuviel ... was haben

Sie gesagt? Entschuldigen Sie ... nein, nein, ich hatte nicht die Absicht, Sie zu verletzen, Mr. Sax. Ich meinte nur ... ja, stellen Sie sich vor, welche Katastrophe eintreten würde, wenn ... ja, ja ... nein, nein ... absolut! Sie können sich auf mich verlassen, Mr. Sax. Wir fangen gleich an. So, es paßt Ihnen noch nicht? Dann also heute abend um elf. Sniff's Hotel also. Vielen Dank.«

Inspektor Lispington legte den Hörer auf. Das war wirklich erstaunlich. In seiner langen Laufbahn als Polizeibeamter hatte er so etwas noch nicht erlebt.

Nachdem die Verbrecher ihr Büro verlassen hatten, nahm Agaton Sax ein üppiges Mittagsmahl zu sich und schrieb Tante Tilda eine Ansichtskarte. Doch er war so vertieft in die merkwürdigen Vorgänge, deren Zeuge er geworden, daß er irrtümlich den Geschäftsführer hatte kommen lassen, um ihn zu ersuchen, Tickie einen Kalbsknochen zu geben. Um zehn Uhr abends kehrte er in Sniff's Hotel zurück.

Der Portier, der ihm seinen Zimmerschlüssel gab, sagte liebenswürdig: »Guten Abend, Mr. Sax. Die Pastete steht in Ihrem Zimmer. Eine besonders gute Fleischpastete mit Pfefferminz, die speziell für Sie zubereitet worden ist, ganz so, wie Sie sie bestellt haben.«

»Ich danke Ihnen.«

Langsam strich Agaton Sax mit dem Finger über seinen Schnurrbart und betrat den Fahrstuhl.

»Guten Abend, Sir«, sagte der Liftboy. »Nach oben oder nach unten, heute abend, Sir?«

»Nach oben oder unten? Nach oben natürlich – ich will doch nicht in den Keller, junger Mann.«

»Nein, nein, Sir, aber ich dachte nur, weil Sie doch heute nachmittag dreimal hinuntergefahren sind, um nach den Koffern im Kofferraum zu sehen.«

»So? Sind wir hinuntergefahren? Ach ja, stimmt schon. Vielen Dank!«

Agaton Sax war blaß geworden. Ein Gefühl, daß irgend etwas Unerhörtes im Gang war, bemächtigte sich seiner. War es möglich, daß...?

Er stieg wieder aus dem Fahrstuhl und ging in den Kofferraum. »Wo sind meine Koffer?« fragte er scharf.

»Sie haben sie doch mit in den Wagen genommen, Sir, gegen vier Uhr.«

»Ach ja, das stimmt. Also fahren wir hinauf.«

Der Liftboy begann ängstlich zu werden. Agaton Sax ging in sein Zimmer. Die Fleischpastete stand auf dem Tisch. Er setzte sich davor und betrachtete sie lange. Je mehr er sie ansah, desto größer schien sie ihm zu werden. »Unerhört«, murmelte er. »Diese Frechheit übertrifft doch alles.«

Um der Wahrheit die Ehre zu geben, mußte er eingestehen, daß er noch nie einem geschickteren Widersacher begegnet war: Einem Mann, der aus dem leeren Nichts auftauchte, einer geheimnisvollen Schattenfigur, einem bisher unsichtbaren Doppelgänger, der sich in seinem Namen vielleicht 165 000 Pfund – alles echte – auszahlen ließ; einem Mann, der sein Hotelzimmer in Besitz nahm, in seinem Namen Fleischpastete mit Pfefferminz bestellte und einfach seine beiden Schweinslederkoffer fortschaffte und ihm so ähnlich sah, daß er, der wirkliche Agaton Sax, einen Augenblick lang beinahe geglaubt hatte, er sähe sich doppelt.

Aber diese unerwartete Gefahr erfüllte Agaton Sax mit neuer Kraft. Sein Gehirn arbeitete wieder auf Hochtouren, und vor elf Uhr hatte er das Geheimnis durchschaut. Er zündete sich seine Mittwochspfeife an und paffte kräftig. Er hatte bereits alle Steinchen dieses Mosaiks zusammengetragen. Nur ein kleines Stück fehlte noch, und wenn alles so verlief, wie er es berechnet hatte, würde er morgen nachmittag auch dieses Stück einfügen können.

Neubelebt von diesem Gedanken, beschloß er, sich ein paar Kastanien auf dem offenen, elektrischen Kamin zu rösten. Als er die letzte Kastanie umdrehte, klopfte es an die Tür.

»Wer ist da?« fragte Agaton Sax stand auf.

»Inspektor Lispington von Scotland Yard.«

»Großartig! Bitte treten Sie näher!«

In der sich öffnenden Tür wurden Inspektor Lispington und ein Polizist in Uniform sichtbar. Beide machten sehr ernste Gesichter.

»Sind Sie Agaton Sax?« fragte Inspektor Lispington.

»Was wollen Sie damit sagen? Das dürften Sie doch wohl wissen?«

Staunend betrachtete Agaton Sax Inspektor Lispington und den Polizisten.

»Sie sind auf keinen Fall Agaton Sax«, erklärte Lispington mit Nachdruck. »Sie sind ein Betrüger.«

Agaton Sax starrte ihn an, doch seine unerschütterliche Ruhe verließ ihn keinen Augenblick.

»Erklären Sie das, Sir«, forderte er mit Würde.

»Erklären Sie es selbst, wenn Sie es können«, sagte Inspektor Lispington erbost. »Ihre Maskierung kann Ihnen nicht helfen. Zum Beispiel Ihr Schnurrbart da – schon von weitem kann man sehen, daß er falsch ist.«

»Der soll falsch sein, Sir? Wie unverschämt!« rief Agaton Sax wütend aus. »Überzeugen Sie sich selbst!«

Er riß kräftig mit zwei Fingern an seinem eleganten Schnurrbart, doch Inspektor Lispington verlor selbst vor diesem Beweis nicht die Fassung. Unerschütterlich fuhr er fort:

»Sie sind ein sehr schlauer Doppelspieler und haben Ihren Betrug außerordentlich geschickt vorbereitet und sich sogar einen echten Schnurrbart wachsen lassen, nur damit Sie Agaton Sax ähnlich sehen.«

»Mein lieber Inspektor Lispington, hören Sie doch! Wir haben doch gestern miteinander telephoniert!«

»Ja, gestern! Haha!« lachte der Inspektor. »Was geht mich an, was gestern geschah? Sie haben mich heute abend um halb zehn Uhr angerufen!«

»Nein«, erwiderte Agaton Sax wahrheitsgemäß.

»Da haben wir es!« antwortete der Inspektor. »Wenn Sie wirklich Mr. Sax wären, hätten Sie mir das heutige Gespräch bestätigt. Damit ist erwiesen, daß Sie nicht Mr. Sax sind. Denn der echte Mr. Sax rief mich heute abend um halb zehn Uhr an und teilte mir mit, daß Sie hier seien. Wie können Sie also der richtige Mr. Sax sein? Warum sollten Sie dann bei mir anrufen und mich herbestellen, um Sie selbst festzunehmen? Warum...«

»Hören Sie auf! Das ist ja das Unglaublichste, was ich jemals gehört habe!« fiel ihm Agaton Sax ins Wort, der allmählich die Geduld verlor.

»Sie haben ganz recht!« entfuhr es Inspektor Lispington. »Darf ich Ihren Paß in Augenschein nehmen?«

»Bitte sehr, er liegt in meiner Brieftasche auf dem Schreibtisch.«

Der Inspektor gab dem Polizisten ein Zeichen, und dieser entnahm der Brieftasche den Paß und reichte ihn Lispington. Der blätterte darin herum und fauchte los:

»Das ist eine unglaublich plumpe Fälschung! Sehen Sie doch einmal selbst! Verlangen Sie etwa, daß ich, Kriminalinspektor Lispington von Scotland Yard, nach mehr als 23 Dienstjahren eine so elende Fälschung nicht erkennen sollte?« Damit warf er Agaton Sax den Paß zu, der ihn auffing und zu seinem größten Erstaunen feststellen mußte, daß dies gar nicht sein eigener Paß war. Inspektor Lispington hatte völlig recht – es war eine sehr plumpe Fälschung. Auch hier hatte also der Doppelgänger seine Finger im Spiel gehabt.

Inspektor Lispington fuhr unerbittlich fort: »Wenn Sie wirklich Agaton Sax wären, dann hätten Sie nicht behauptet, daß diese jämmerliche Fälschung Ihr richtiger Paß ist. Nur ein Doppelgänger ist imstande, etwas so Schlechtes herzustellen.«

»Sie haben völlig recht«, stimmte Agaton Sax zu. Er dachte intensiv nach. Vielleicht würde er mehrere Stunden, vielleicht sogar einen ganzen Tag und eine Nacht brauchen, ehe er Inspektor Lispington davon überzeugen konnte, daß er tatsächlich Agaton Sax sei. Dies würde unter Umständen sein ganzes Unternehmen vereiteln. Darum beschloß er, sofort zu handeln.

»Sie geben es also zu?« fragte Inspektor Lispington.

»Ja.«

»Gut, dann bringe ich Sie nach Scotland Yard.«

In diesem Augenblick bückte sich Agaton Sax rasch. Auf dem Fußboden lag ein Kabel, das zu einer Lampe führte. Im Bruchteil einer Sekunde hatte Agaton Sax den Stecker herausgezogen: das Zimmer lag im Dunkeln.

Inspektor Lispington stieß einen Schrei des Erstaunens aus, und der Polizist stürzte vorwärts, um Agaton Sax zu fassen, doch der war so schnell, daß bereits mehrere Meter zwischen dem Polizisten und ihm lagen. Da hörte man ein furchtbares Klirren; Agaton Sax hatte das Fenster eingeschlagen. Gleichzeitig vernahmen die beiden Beamten von Scotland Yard deutlich die Worte: »Auf Wiedersehen, Inspektor Lispington!« Sie kamen vom Fenster her und verhallten draußen im Dunkeln.

»Er ist aus dem Fenster gesprungen!« schrie Lispington, der sich zusammen mit dem Polizisten zu dem eingeschlagenen Fenster vortastete. Doch in Wirklichkeit stand Agaton Sax an der Tür. Wieder einmal hatte ihn seine Kunst als Bauchredner aus einer sehr schwierigen Situation gerettet. Nun glitt Agaton Sax schnell und geschmeidig durch die Tür, sperrte sie ab und eilte die Treppe hinunter. Dann entkam er durch den Hinterausgang. Es war ein dunkler, regnerischer Abend. Agaton Sax legte sich in einiger Entfernung vom Hotel auf die Lauer. Nach wenigen Minuten sah er, daß Lispington und der Polizist aus dem Hotel gelaufen kamen.

Nun galt es, rasch zu handeln. Die Polizeiautos mit ihren heulenden Sirenen konnten jeden Augenblick auf der Straße auftauchen. Agaton Sax rannte zur Hinterseite des Hotels und kletterte behend die Feuerleiter hinauf bis aufs Dach. Dann startete er seinen Hubschrauber. Er flog auf das Dach eines anderen Hotels, wo er bekannt war und hoffen konnte, von der Polizei nicht behelligt zu werden. Er landete elegant und wurde außerordentlich liebenswürdig empfangen. Nachdem er Tee getrunken hatte, beschloß er, Inspektor Lispington anzurufen.

»Guten Abend, Herr Inspektor Lispington. Hier spricht Agaton Sax. Haben Sie den Betrüger gefaßt?«

»Nein, Mr. Sax. Er ist uns entwischt.«

»War er schon aus dem Hotel verschwunden?«

»Nein, als wir ankamen, befand er sich in seinem Zimmer. Ich weiß nicht, Mr. Sax, wie ich es Ihnen erklären soll. Er röstete sich gerade Kastanien.«

Nun gab Inspektor Lispington eine ziemlich verwirrte Schilderung der Geschehnisse im Hotelzimmer.

»Jetzt ist mir alles klar«, sagte Agaton Sax todernst.

»Ich kann diesen ungewöhnlich gewandten Doppelgänger nur bewundern!« rief Inspektor Lispington. »Stellen Sie sich vor, sogar sein falscher Schnurrbart war echt!«

»In der Tat, ein ausgesprochen tüchtiger Doppelgänger«, bestätigte Agaton Sax. »Man könnte beinahe glauben, daß ich, ihrer Beschreibung nach, selbst der Doppelgänger gewesen wäre.«

»Ja, nicht wahr?« bestätigte Lispington eifrig.

»Wir werden ihn schon fassen«, versprach Agaton Sax.

»Aber sicher. Wir sehen uns morgen um siebzehn Uhr.«

»Um siebzehn Uhr?«

»Ja. Sie haben diese Zeit doch selbst vorgeschlagen, als Sie mich heute abend um halb zehn anriefen. Siebzehn Uhr, morgen, Sloane Street Nr. 227, fünfter Stock.«

»Richtig, das stimmt! Auf Wiedersehen, Inspektor!«

Inspektor Lispington zuckte zusammen:

»Was haben Sie gesagt, Mr. Sax?«

»Ich habe gesagt: ›Auf Wiedersehen, Inspektor!‹ Ist irgend etwas Besonderes los?«

»Nein, Mr. Sax, nein … nur, es war so eigentümlich … es kam mir so bekannt vor … ha, ha, wie dumm von mir. Als Sie eben diese Worte sagten, glaubte ich, die Stimme Ihres Doppelgängers zu hören. Ich meine, als er aus dem Fenster sprang! Stellen Sie sich vor, er beherrscht sogar Ihren Tonfall Ihrer Stimme!«

»Ja, das ist wirklich merkwürdig, Inspektor Lispington«, sagte Agaton Sax und legte den Hörer auf.

Am folgenden Nachmittag um drei Uhr saß Agaton Sax wieder im Lehnstuhl vor dem Fernsehschirm. Nach einer Viertelstunde betrat Octopus das Büro der Schurken. Ein paar Minuten darauf kamen die anderen keuchend und atemlos an.

»Was Neues?« fragte Octopus Scott. »Was ist mit dem Geld und mit dem Flugzeug?«

Langsam zog Charly einen Briefumschlag hervor und schob ihn widerstrebend Octopus Scott zu, der den Inhalt schnell zählte.

»Das Flugzeug ist klar«, sagte Charly. »Wir haben es in Croydon von einem pensionierten Kanalschwimmer gemietet.«

»Ihr habt es gemietet?« brüllte Octopus Scott. »War das wirklich der einzige Ausweg? Habt Ihr die Byköpingpost gekauft?«

»Hier«, erwiderte Charly und reichte ihm die Zeitung, die Octopus Scott an sich riß. Erstaunt rief dieser:

»Was, eine neue Zeichnung ist drinnen? Wie ist das möglich? Ist Slogan wieder da? Aber die geheime Mitteilung? Er wußte doch gar nicht, was er schreiben sollte! Oder ist es einem von euch gestern abend doch noch gelungen, ihn anzurufen?«

Die beiden schüttelten die Köpfe.

»Das Codebuch – sofort das Codebuch!« befahl Octopus Scott. Dann blätterte er schnell darin, verglich und schrieb, und je länger er dies tat, um so mehr verfärbte sich sein Gesicht. Dann sagte er mit grimmigem Ton:

»Hört mal, welche geheime Mitteilung er sich selbst zurechtgelegt hat: ›Fahrt sofort nach Byköping und liefert den Diamanten an Slogan aus!‹«

Die anderen erbleichten und öffneten vor Aufregung ihre Kragen.

»Dieser wahnsinnige Verbrecher!« rief Octopus zornig. »Er will den Diamanten für sich selbst haben. So eine Gemeinheit! Welch abgefeimter Schurke!«

»Wenn nun Slogan und Sax zusammen eine neue Bande gebildet haben!« schrie Charly und war so entsetzt bei diesem Gedanken, daß er samt dem Stuhl, auf dem er saß, auf den Fußboden stürzte.

Octopus Scott dachte kurz über Charlys Worte nach. Eine so unerhörte Frechheit konnte er sich kaum vorstellen. Langsam kaute er an seiner Zigarre, dann knurrte er:

»Schnell zum Flugzeug, wir fliegen nach Stockholm. Los, schnell! Sind alle falschen Pässe in Ordnung?«

Die drei Verbrecher rafften verschiedenes zusammen und verließen den Raum. Agaton Sax warf rasch ein paar Zeilen auf einen Zettel und befestigte ihn am Fernsehschirm.

> »Sehr geehrter Inspektor Lispington!
> Wenn Sie diesen Zettel finden, befinde ich mich bereits auf dem Rückflug. Octopus Scott und seine Bande fliegen nach Byköping. Sie werden verstehen, daß es meine Pflicht ist, ihnen zu folgen.   Ihr sehr ergebener Agaton Sax.«

Er fuhr mit einem Taxi zum Hotel, und eine halbe Stunde später saß er am Steuerknüppel seines »Hermes«. Er zog mit diesem hervorragenden Hubschrauber Kurven über der Innenstadt und nahm dann Kurs auf Nordost. Als er über den Londoner Flugplatz brauste, fing er folgenden Funkspruch auf:

»Wer sind Sie?«

Er antwortete:

»Agaton Sax in Hermes XP 677.«

»Kurs?«

»Nordost. Nach Byköping.«

Es trat eine kleine Pause ein. Dann kam ein neuer Funkspruch von unten:

»Schon wieder Agaton Sax? Sie haben doch erst heute morgen den Flugplatz überflogen?«

»Nein, das war ein Betrüger. Einer meiner Doppelgänger. Ein äußerst gefährlicher Mensch.«

Es folgte Schweigen. Dann fragte der Funker weiter: »Wie soll ich wissen, ob Sie nicht auch einer der Doppelgänger sind?«

»Das können Sie nicht wissen, aber würden Sie so freundlich sein und mir die Wettermeldung geben?«

Nur widerstrebend teilte ihm der Funker folgendes mit:

»Sie werden bald in eine Zone ungewöhnlich tiefen Druckes geraten, ungefähr 703 Millibar. Wenn Sie wirklich Agaton Sax sind, dann ist es meine Pflicht, Sie zu warnen. Sind Sie aber ein Betrüger, dann hoffe ich, daß Sie in Ihr Unglück fliegen.«

»Ich danke Ihnen. Hat Ihnen mein Doppelgänger gesagt, wohin er fliegt?«

»Nein, er sagte nur, er habe es sehr eilig.«

Während all der Jahre, in denen Agaton Sax Verbrecher bekämpft hatte, war er oft über Land und Meer geflogen und gewohnt, unerwartet in Hoch- und Tiefdruckzonen zu geraten.

Am Horizont tauchten schwere Wolken auf, näherten sich, und nach einer kleinen Weile konnte er die Hand vor den Augen nicht mehr sehen und noch viel weniger das Meer unter sich. Ein furchtbarer Sturm kam auf, und der Hubschrauber wurde wie ein Spielzeug in der Luft herumgeschleudert. Trotz allem behielt Agaton Sax klaren Kopf, auch als er zu seinem Erstaunen feststellte, daß der Hubschrauber umgedreht, das Fahrgestell nach oben, in rasender Fahrt dahinflog. Das hatte zur Folge, daß er auf wunderbare Weise die unglaubliche Höhe von fast 4000 Meter erreichte, ehe es Agaton Sax gelang, die Herrschaft über ihn zurückzugewinnen.

Leider mußte er später feststellen, daß das schnelle Auf und Ab einen gewaltigen Benzinverlust verursacht hatte. Schnell rechnete er aus, daß sein Benzinvorrat nicht bis zur schwedischen Westküste reichen würde. Er mußte in Dänemark zwischenlanden. Daher änderte er den

Kurs, und schon eine Stunde später flog er über die dänische Küste.

Die Landung ging glatt vor sich – auf einem Rübenacker. Im nächstgelegenen Gasthaus versorgte sich Agaton Sax mit Benzin und versuchte, Tante Tilda anzurufen. Doch sie antwortete nicht. Agaton Sax begab sich daher zu Bett. Am nächsten Tag flog er sofort nach Malmö. Um neun Uhr stand er auf dem Hauptbahnhof neben jenem Zug, der einige Exemplare der Byköpingpost nach Malmö brachte. Endlich wurden die Zeitungen ausgepackt, und voll Spannung und mit zitternden Händen entfaltete er seine Byköpingpost, die während seiner Abwesenheit von Tante Tilda und dem Setzer Johansson redigiert wurde. Richtig: Sie enthielt eine Zeichnung von Slogan. Der darunter stehende Text lautete:

»Einer der Könige des Mittleren Nord-Kambodscha namens Kambodscha hatte eine Vorliebe für sprechende Papageien. Er besaß deren zwölf Stück, denen er Huldigungsgedichte auf sich selbst beibrachte. Durch eine Revolution wurde Kambodscha gestürzt. Einer der Aufrührer, Gam-Rumsa, ließ sich zum König ausrufen. Da alle Papageien des Palastes Tag für Tag Huldigungsgedichte auf den König Kambodscha plapperten und den Namen Gam-Rumsas nicht lernen konnten, beschloß dieser, seinen Namen zu ändern. Von da an nannte er sich auch Kambodscha.«

Agaton Sax hatte bedauerlicherweise das Codebuch nicht bei der Hand. Nach intensivem Grübeln gelang es ihm jedoch, Slogans Mitteilung zu enträtseln. Nach dem System AC 73 D enthielt dieser Text folgende Geheimbotschaft an Jim und Slim:

ABLIEFERUNG DES DIAMANTEN AN SLOGAN
IM BRUNNENPARK FREITAG ZWÖLF UHR.

Das war heute. Agaton Sax sah auf die Uhr und meldete ein Ferngespräch mit Tante Tilda an. Immer noch keine Verbindung. So kletterte er in seinen »Hermes« und startete Richtung Byköping. Diese erzwungene

Übernachtung in Dänemark hatte nichts geschadet. Wenn nichts Unvorhergesehenes eintraf, würde er Zeit genug haben. Er grübelte jedoch ständig über seinen rätselhaften Doppelgänger nach. Als sich sein Hubschrauber Byköping näherte, schlug er sich auf die Stirn. Plötzlich begriff er den Zusammenhang! Es schien auf einmal alles sonnenklar! Wie war es nur möglich, daß er erst jetzt darauf kam!

Octopus Scott, dieser zweifelhafte Gentleman, hatte es für richtig gehalten, gemeinsam mit seinen Leuten London zu verlassen und sich nach Byköping zu begeben. Das Ziel der Bande war, sich in den Besitz des großen Koh-Mih-Nor-Diamanten zu setzen, der einen Wert von 6,8 Millionen Kronen repräsentiert. Durch die heimliche Botschaft von Slogan erhielten Jim und Slim den Befehl, diesen Stein in Beschlag zu nehmen. Und dies hatten sie tatsächlich getan. Doch Slogan ließ plötzlich seine Maske fallen. Überzeugt davon, daß sein Chef, Octopus Scott, die Byköpingpost nicht las, hatte er die letzte heimliche Mitteilung erfunden und Jim und Slim den Befehl gegeben, ihm selbst, Slogan, den kostbaren Diamanten auszuliefern. Aber Octopus Scott las die Byköpingpost doch! Auch als er an diesem Junimorgen auf dem Stockholmer Hauptbahnhof stand und auf den Zug wartete, riß er dem Verkäufer die Zeitung ungeduldig aus der Hand und entzifferte mit Hilfe seines Codebuches die Mitteilung. Dann las er die Nachricht Charly und Sandy vor.

»In drei Stunden ist der Diamant in unseren Händen«, flüsterte er den beiden aufgeregt zu. Sie fuhren zusammen zum Flugplatz Bromma und starteten von dort aus ihr dreisitziges Flugzeug. Um halb zwölf Uhr landeten sie elegant auf Johanssons Wiese. Octopus Scott blickte sich prüfend in der Gegend um. Dort mußte Byköping liegen. Er sah den hohen Kirchturm der Stadt und daneben den niedrigeren Turm des Rathauses.

Octopus Scott zündete sich eine dicke Zigarre an.

»Das soll eine Stadt sein?« brummte er. »Wozu soll die gut sein?« Charly geriet in Verlegenheit, drückte sich um eine Antwort herum und schob seinen Zeigefinger zwischen Hals und Kragen.

»Es wäre gut, wenn wir so rasch wie möglich wieder von hier fortkämen«, murmelte er und blickte voll Unbehagen um sich.

»Vorwärts!« befahl Octopus Scott. Und nun setzte sich die kleine, aber gefährliche Gruppe in Bewegung, Richtung Byköping. Zehn Minuten später bogen die Verbrecher mit raschen Schritten in die Storgatan ein. Diese war fast leer, nur zwei ältere Herren gingen hier spazieren.

»Die Karte!« sagte Octopus Scott. »Sieh nach«, befahl er Charly, der den Stadtplan von Byköping entfaltet hatte.

»Dritte Straße links, dann geradeaus. An diesem gelben Haus dort vorbei«, verkündete er mit einem kleinen Schauer des Unbehagens. Ihm schien dieser Besuch in Agatons Heimatstadt nicht geheuer. Das gelbe Haus war die Schule von Byköping. Mit ihrer weißen, breiten Treppe bot sie einen besonders einladenden Anblick.

»Ein höchst eigentümliches Gebäude!« meinte der sommersprossige Sandy und zeigte auf die Schule. Octopus Scott und Charly betrachteten die Schultreppe, die mit Birkenbäumchen geschmückt war. Zahlreiche Kinder mit ihren Eltern, alle im Sonntagsstaat, waren im Schulhof versammelt.

»Hier ist es.« Octopus Scott wies auf einen kleinen Park, der gerade vor ihnen lag. Er blickte auf seine Armbanduhr.

Es war 11.15 Uhr.

»In zehn Minuten müssen Jim und Slim hier sein«, meinte er. »Und«, fügte er mit einem boshaften Lächeln hinzu, »auch Slogan wird erscheinen, um den Diamanten im Empfang zu nehmen. Aber dabei werden wir ein Wörtchen mitreden!«

Charly wischte sich den kalten Schweiß von der Stirn. Plötzlich horchte Octopus Scott auf:

»Still, was kann das sein?«

Alle lauschten angestrengt. Charly zitterte am ganzen Leib. Von der Storgatan her erklang Musik. Die Kinder im Schulhof rissen sich von ihren Eltern los und liefen auf die Straße, um zu sehen, was vorging.

»Dummheiten!« knurrte Octopus Scott und warf wieder einen Blick auf die Uhr. Jetzt kam die Musik näher. Das Blasorchester von Byköping kam unter den Klängen eines Marsches heranmarschiert.

»Sie kommen hierher«, sagte Octopus Scott. Doch gleichzeitig erregte etwas anderes seine Aufmerksamkeit. Von der Schule her eilten drei schwarzgekleidete Herren mit Blumensträußen über den mit Kies bestreuten Schulhof auf sie zu. Sie winkten eifrig und näherten sich dem Park mit schnellen, aber gleichsam etwas zaudernden Schritten. »Wem winken die eigentlich?« fragte Octopus Scott.

»Uns natürlich«, antwortete Charly mit kaum hörbarer Stimme.

»Du Schafskopf«, zischte Octopus leise.

Gleichzeitig aber wurde er blaß, denn die drei schwarzgekleideten Männer winkten immer eifriger und kamen jetzt direkt im Laufschritt auf Octopus Scott und seine Komplicen zu. Der erste der drei ergriff Octopus Scotts Rechte und drückte sie lange und herzlich. Die Verbrecher waren erstaunt und verärgert, aber schon redete sie der eine Herr auf englisch an.

»Herzlich willkommen, Herr Professor Toodleworthington! Und dies sind Ihre beiden Mitarbeiter – die Herren Professoren Best und Fest, wenn ich nicht irre?« Dann drückte er auch Charly und Sandy die kalten und feuchten Hände.

»Verzeihung«, stotterte Octopus Scott – zum erstenmal in seinem Leben gebrauchte er dieses Wort – »Verzeihung, aber …«

Er wollte sagen, das Ganze müsse ein Irrtum sein,

jedoch der schwarzgekleidete Herr unterbrach ihn sofort:

»Es liegt nicht an Ihnen, um Verzeihung zu bitten, Herr Professor Toodleworthington! Wir müssen das, ich, der Bürgermeister und der Magistratsvorsitzende, sowie der Direktor der Schule. Wir konnten Sie am Bahnhof nicht finden, aber dann wurde uns klar, daß Sie nicht mit dem Zug, sondern mit dem Auto gekommen sind. Ich freue mich, Sie begrüßen zu dürfen.«

In diesem Augenblick zog das Blasorchester in den Park ein. Entsetzt kaute Octopus Scott an seiner dicken Zigarre, und Charly schob seinen Finger zwischen Kragen und Hals. Die Musik schwieg, der Bürgermeister hob die Hand und sprach:

»Meine Damen und Herren! Wir haben die große Freude und Ehre, den hervorragenden amerikanischen Professor für Pädagogik, Thomas J. Toodleworthington, in unserer Stadt willkommen zu heißen. Auch die beiden außerordentlichen Professoren Best und Fest begrüßen wir herzlich. Die Herren unternehmen eine Reise durch Schweden, um die hiesigen Schulverhältnisse zu studieren, und haben die außerordentliche Freundlichkeit, unseren Schulentlassungstag mitzufeiern. Herzlich willkommen!«

Höchstpersönlich übersetzte er die Rede ins Englische, und auf diese Weise erhielt Octopus Scott Klarheit über seine Lage. Als die Begrüßung vorüber war, fragte der Bürgermeister:

»Herr Professor Toodleworthington, soviel ich weiß, haben Sie sich bisher mit Kopfrechnen beschäftigt?«

»Ja, das kann man wohl sagen«, antwortete Octopus Scott. »Kalkulationen, Berechnungen. Vor allen Dingen mit hohen Zahlen. Das stimmt.«

»Und Sie, Herr Professor Best«, fuhr der Magistratsvorsitzende fort, »was möchten Sie vor allen Dingen in den schwedischen Schulen sehen?«

Sandy fuhr zusammen. »Ich« stammelte er. »Hm, ja, oh, hm, ich glaube, ich möchte mich am liebsten mit dem Satzlesen beschäftigen. Ja, ja, dafür habe ich das meiste Interesse.«

»Verzeihung, wie meinten Sie?« fragte der Magistratsvorsitzende.

»Herr Professor Best, Sie meinen wohl das Dreisatzlösen, nicht wahr?«

»O yes«, entgegnete Sandy und schneuzte sich. Octopus Scott warf ihm einen äußerst bösen Blick zu.

»Und Sie, Herr Professor Fest?« wandte sich der Direktor der Schule an Charly. »Welchen Unterrichtsstunden möchten Sie am liebsten in den schwedischen Schulen beiwohnen?«

»Ich?« Charly wurde kreideweiß. »Ja, Gymnographie und Subtrikation, genau das. Diese beiden waren meine Lieblingsgegenstände, als ich noch in die Schule ging.«

Octopus Scott bekam einen heftigen Hustenanfall und versetzte Charly einen Tritt auf das Schienbein.

»So, wirklich«, riefen der Vorsitzende des Magistrats und der Direktor wie aus einem Munde.

»Aber ich interessiere mich auch für Geschichte, allgemeine und im besonderen für schwedische.« Charly wurde plötzlich, nachdem die Gefahr vorüber schien, vom Übermut gepackt. Er hatte nämlich zuerst geglaubt, die drei Herren seien von der Polizei.

»Allgemeine und schwedische Geschichte?« rief der Bürgermeister.

»Ja, Sie wissen doch: Geschichten von schwedischen und allgemeinen Königen und von Krieg und Überfällen und dergleichen.«

»Natürlich, Herr Professor Best«, bestätigte der Vorsitzende des Magistrats und warf dem Bürgermeister einen bestürzten Blick zu. Die sechs Herren begaben sich zur Schule. Octopus Scott suchte mit den Augen den Park ab, aber noch immer waren Jim und Slim nicht zu sehen, obgleich es schon 11.15 Uhr war.

Als sie die Treppen der Schule emporstiegen, um die verschiedenen Klassen zu besuchen, verkündete der Schuldirektor:

»Wir haben, wie die Herren sicherlich wissen werden, eine berühmte Persönlichkeit in unserer kleinen Stadt.«

»Ja, sogar eine weltberühmte, jedenfalls in gewissen Kreisen«, sagte der Bürgermeister.

»So?«

»Ja, Agaton Sax, den Bekämpfer der Verbrecher«, erklärte der Vorsitzende des Magistrats mit merklichem Stolz.

»So, wirklich«, murmelte Octopus Scott heiser.

»Was ist los?« riefen die Herren in diesem Augenblick gleichzeitig und faßten Charly unter dem Arm. »Ist Ihnen nicht wohl, Herr Professor?«

»Ein Glas Wasser für Herrn Professor Fest, ihm ist übel!«

»Leider befindet sich Agaton Sax derzeit nicht in der Stadt. Er scheint eine Fährte aufgenommen zu haben«, erklärte der Bürgermeister mit vielsagendem Lächeln. »Doch wenn er gewußt hätte, daß Sie heute kommen, hätte er Sie gewiß besonders herzlich willkommen geheißen!«

»Das ist sehr liebenswürdig«, erwiderte Octopus Scott eiskalt. Äußerlich war er die Ruhe selbst, innerlich jedoch kochte er vor Wut. Mit einem letzten Blick auf den Park betrat er das Schulgebäude, während der Schuldirektor Charly die Stufen hinaufführte.

»Ich hoffe, daß Sie während Ihres Aufenthaltes in unserer Stadt Zeit finden werden, einen Blick in unser kleines Gefängnis zu werfen«, meinte der Bürgermeister äußerst liebenswürdig. »Aus verständlichen Gründen ist es nicht groß, aber es ist ganz modern. Ein Mustergefängnis, behaupten die meisten, die schon darin waren.«

Um die Bedeutung der merkwürdigen Geschehnisse, die sich in Byköping am Schulentlassungstag abgespielt haben, recht verstehen zu können, müssen wir Agatons Unternehmungen am Vormittag desselben Tages verfolgen. Von ständigem Gegenwind behindert, benötigte »Hermes« für die Strecke Malmö-Byköping länger als vorgesehen. Schließlich landete Agaton Sax um 11.45 Uhr auf Johanssons Wiese. Schon aus der Luft hatte er das Flugzeug der Verbrecher beobachtet. Er stellte »Hermes« neben diesem Flugzeug ab und ging dann zum Redaktionsgebäude.

Er eilte die Treppen hinauf und rief:

»Tante Tilda, bist du da?«

»Hier!« ertönte ihre energische Stimme. Sie stand beim Fenster mit einem großen Fernrohr, wie es Kapitäne und Steuermänner benützen. »Was machst du denn da?« rief Agaton Sax erstaunt.

»Schau selbst!« forderte ihn Tante Tilda auf und reichte ihm das Fernglas.

»Wahrhaftig!« Als er das Glas auf den Park richtete, sah er, wie drei schwarzgekleidete Herren mit Blumensträußen auf die drei Verbrecher zueilten.

»Aber das ist ja unerhört!« rief Agaton Sax. »Ein Skandal! Was denkt sich der Bürgermeister eigentlich dabei, diese drei Verbrecher willkommen zu heißen!«

Er stand fassungslos. Aber dann kam ihm plötzlich ein Gedanke. Schnell drehte er sich zu Tante Tilda um.

»Warum, Tante Tilda, stehst du hier am Fenster und schaust gerade jetzt durch das Fernrohr? Wie konntest du wissen, daß gerade um zwölf Uhr…«

Sie blickte ihn an und zuckte mit den Schultern:

»Mein lieber Agaton«, sagte sie. »Bildest du dir vielleicht ein, du seiest der einzige hier im Haus, der denken kann? Glaubst du vielleicht gar, daß nur du eine heimliche

Botschaft lesen kannst? Du hast doch selbst gesagt, nach welchem System man alles entziffern kann. Und da habe ich eben dieses System benützt.«

»Ja, Tante Tilda, ich habe nur gedacht, daß … aber etwas anderes, Tante Tilda! Sage mir schnell, wo hält sich Slogan auf, dieser Bursche, der die Zeichnungen herstellt und die Geheimbotschaften schreibt? Schickt er die Zeichnungen, oder liefert er sie persönlich ab?«

»Bisher schickte er sie mit der Post. Doch gestern abend kam er selbst.«

»Gestern abend? Erzähle doch!« rief Agaton Sax und wurde ganz aufgeregt. »Nein, warte noch einen Augenblick. Wohin sind sie denn nun gegangen?« Wieder richtete Agaton Sax das Fernrohr auf den Park und beobachtete, wie die ganze Gesellschaft zur Schule zog. Erleichtert holte er tief Atem.

»Nun erzähle, was geschehen ist!«

»Gestern abend, als ich gerade meinen Kamillentee getrunken hatte«, berichtete Tante Tilda, »hörte ich irgend etwas im Redaktionszimmer. ›Bist du es, Agaton?‹ fragte ich, denn ich dachte, du seist aus dem Ausland zurückgekommen, ohne mich vorher zu verständigen. Da fiel mir ein, es könnten auch Einbrecher sein und es wäre daher am besten, den Polizisten Antonsson anzurufen. Das tat ich auch, aber er war auf Urlaub. Übrigens eine Unverschämtheit, wenn möglicherweise internationale Verbrecher in der Stadt sind. Ich war daher gezwungen, die Sache selbst in die Hand zu nehmen, und mußte vorsichtig ans Werk gehen. Ich beschloß daher, ihn zu täuschen, und rief: ›In Ordnung, Agaton, du bekommst gleich deinen Abendkaffee. Ich bringe ihn dir sofort hinauf. Damit du nicht bei deiner Arbeit gestört wirst, stelle ich ihn vor die Tür auf den Blumentisch im Korridor!‹ Dann braute ich eine Tasse starken Kaffee und brachte sie hinauf.«

»Tante Tilda, du willst doch wohl nicht sagen, daß du dem Verbrecher eine von deinen großen Tassen hinaufgebracht hast?«

»Aber natürlich, lieber Agaton. Vorher gab ich noch schnell zwei Hyperdormatolinperfossaminalkarbonoralsomniumnaeral-Pillen hinein, du weißt, die Schlafpillen, die ich von Dr. Gesund erhielt, als ich so arge Fußschmerzen hatte; sie wirken so schnell, daß man innerhalb von zwei Minuten einschläft.«

»Aber Tante Tilda, wie konnte er glauben, daß du ihn mit mir verwechselst?«

»Du bist wirklich begriffsstutzig, Agaton. Natürlich weil ich ihm vortäuschte, ich höre schlecht. Ich sagte: ›Agaton, ich kann dich leider nicht verstehen, ich habe meinen Hörapparat in meinem Schlafzimmer vergessen. Schlaf gut.‹ Dann stellte ich mich unten an die Treppe und wartete. Nach ein paar Minuten öffnete er vorsichtig die Tür und holte die Tasse. Nach kurzer Zeit ging ich hinauf und klopfte an. Ich hörte eine freundliche Stimme, die in englischer Sprache sagte: ›Komm nur herein, liebe Tante!‹ Ich trat ins Redaktionszimmer. Hier saß Slogan, winkte mir freundlich zu und wollte seine Zeichnungen verkaufen. Ich fragte ihn, ob er den Kaffee ausgetrunken hätte, und er bejahte das. Dann sagte ich, er solle in den Keller gehen, und er erwiderte, er täte das mit dem größten Vergnügen. Er war sehr nett, so wie man immer wird, wenn diese Pillen zu wirken beginnen. Wir stiegen in den Keller, und nachher führte ich ihn noch in das Laboratorium, wo du Fußspuren und Fingerabdrücke untersuchst. Dann schloß ich ihn ein, und eine Minute später schlief er fest.«

Agaton Sax starrte seine Tante an. Wahrhaftig, das war unerhört! Tante Tilda hatte sich durch ihren Scharfsinn und ihre Energie höchste Anerkennung verdient.

»Was war weiter?« fragte er. »Sitzt er immer noch unten?«

Tante Tilda schüttelte den Kopf. »Nein, er ist fort.«

»Fort?« rief Agaton Sax bestürzt. »Wo ist er?«

»Immer mit der Ruhe«, beschwichtigte Tante Tilda ihren aufgeregten Neffen. »Sei doch nicht so ungeduldig, ich werde gleich alles erklären. Heute morgen, als

Johansson den Artikel über die guten Mohrrüben in Byköping setzte, den ich verfaßt hatte, fielen mehrere Buchstaben in der Setzmaschine unregelmäßig aus.«

»Wieso unregelmäßig?«

»Sie hüpften über und unter die Zeile. Plötzlich begriff er, daß ein Mensch daran Schuld trug, der im Raum unter der Setzerei mit aller Gewalt gegen die Decke klopfte. Und da sich unter der Setzerei das Laboratorium befindet, öffnete er die Türe zum Laboratorium. In diesem Augenblick schlüpfte Slogan heraus. Johansson ging wieder hinauf und arbeitete an der Setzmaschine weiter, als währe nichts geschehen.«

»Du liebe Zeit!« rief Agaton Sax. »Einer der genialsten Verbrecher des Jahrhunderts! Aber ich begreife nicht, wann hat Slogan eigentlich die Zeichnung gemacht, die den Treffpunkt im Brunnenpark darstellte?«

»Das werde ich dir gleich berichten«, sagte Tante Tilda. »Du bist immer schon ungeduldig gewesen. Als kleines Kind konntest du schon nicht ruhig sitzen, wenn ich dir Märchen erzählte.«

»Aber liebe, beste Tante Tilda, es eilt doch, wir …«

»Es ist immer dein größter Fehler gewesen, daß du so ungeduldig bist. Wo bin ich nur stehengeblieben, als du mich unterbrachst? Ach ja, ich weiß schon. Also Slogan ist heute früh entkommen. Von da an habe ich nichts mehr von ihm gesehen. Er hatte eine kleine Reisetasche bei sich, sagte der Setzer Johansson.«

»Du liebe Zeit! Wie ist das nur möglich? Slogan hat im Text zu seiner Zeichnung Jim und Slim aufgefordert, um zwölf Uhr im Brunnenpark zu sein. Also wird sich auch Slogan um diese Zeit dort einfinden, um den Diamanten in Empfang zu nehmen. Es ist jetzt 11.57 Uhr. Ich muß sofort hin …«

»Agaton, diese Zeichnung ist …«

Doch Agaton Sax hörte nichts mehr. Wie angewurzelt stand er am Fenster des Redaktionsraumes und beobachtete die Szene, die sich im Brunnenpark abspielte. Seit sich die ganze Gesellschaft in die Schule begeben hatte, ist kein Mensch dort gewesen. Nun aber tauchten zwei Gestalten in grauen Regenmänteln auf. Die beiden Verbrecher sahen sich scheu um, und schon von weitem konnte man sehen, daß es die Diamantendiebe Jim und Slim waren.

In der Schule von Byköping hatte man inzwischen beschlossen, die drei Gäste, die man für Amerikaner hielt, einer Englischstunde beiwohnen zu lassen. So saßen denn die drei Verbrecher neben der Schultafel, und Studienrat Äppelgren verbeugte sich vor den vornehmen Gästen. Im stillen fragte er sich allerdings, wie es wohl möglich wäre, daß diese Leute gelehrte Professoren waren. Da er jedoch nicht annehmen konnte, daß hier eine Verwechslung vorlag, wandte er sich mit folgenden Worten an die Klasse: »Wir wollen aufstehen und diese sehr berühmten Männer begrüßen.«

»Wir danken herzlich«, erwiderte Octopus Scott mit erzwungener Höflichkeit.

»Und nun übersetzen wir den ersten Satz ins Englische!« sagte Studienrat Äppelgren. »Er lautet: ›Charly ist ein sehr böser Junge!‹ Wie heißt das auf englisch?«

»Charly is a very bad boy!«

»Richtig.«

Charly erbleichte und hielt sich krampfhaft an der Sessellehne fest. Octopus Scott reckte den Hals, um zu sehen, was im Brunnenpark vor sich ging, und Sandy drehte nervös den Hut zwischen den Fingern. Und nun geschah etwas, das mit Recht als eines der seltsamsten Ereignisse in die Geschichte von Byköping eingegangen ist. Ganz plötzlich stand ein Mann in der Tür. Sein flackernder Blick irrte von einem zum anderen, als suche er nach einem festen Halt. Als Studienrat Äppelgren ihn erblickte, lächelte er und sagte auf englisch:

»Nanu, wen sehe ich da!«

Der Mann betrachtete ihn und fragte: »Where am I?«

Studienrat Äppelgren glaubte jedoch, der Mann habe im Scherz gefragt: »Where am I?« (Wer bin ich?), damit er, Studienrat Äppelgren, Gelegenheit hätte, eine Frage an die Klasse zu richten. Also fragte Studienrat Äppelgren: »Who is this man?« (Wer ist dieser Mann?)

Und die Klasse antwortete wie aus einem Munde:

»This man is Agaton Sax!«

Wie verhext starrten die drei Schurken auf den Mann in der Tür. Doch Octopus Scott gehörte nicht zu jenen Menschen, die ihr Spiel sofort verlorengeben.

»Immer mit der Ruhe«, flüsterte er Charly und Sandy zu, die die Fassung zu verlieren schienen. »Er hat uns nicht gesehen! Übrigens sind wir zu dritt.«

Der Mann war – Agatons Doppelgänger. Er nickte den Kindern zu, dann irrte sein Blick langsam und suchend an den Wänden entlang, bis er auf die drei Verbrecher fiel, die neben der Tafel saßen. Es war, als erstarrte er. Gleich darauf verbeugte er sich höflich vor Studienrat Äppelgren und sagte:

»Thank you, Sir. Thank you, children.«

Dann verschwand er im Korridor, schüttelte sich und ging hinaus. Er wanderte die Storgatan entlang und blieb endlich bei Peterssons Tabakgeschäft stehen. Plötzlich war ihm, als klärte sich etwas in seinem Kopf: Er schlug sich gegen die Stirn, trat eilig in den Laden und kaufte sich eine Byköpingpost. Inzwischen hatte sich Octopus Scott im Schulzimmer erhoben. Unmöglich konnte er hier noch länger bleiben und dem Unterricht beiwohnen, wenn ihn die Pflicht anderswo hinrief. Er wandte sich an den Bürgermeister und die beiden Wortführer und sagte:

»Können Sie uns für eine halbe Stunde entschuldigen? Wir haben eine weite Fahrt hinter uns und müssen noch kurz ins Hotel, ehe wir die Badeanstalt und das Gefängnis besichtigen.«

»Aber natürlich, Herr Professor Toodleworthington«, erwiderten alle drei mit größter Liebenswürdigkeit. Dann verbeugten sich Octopus Scott und seine Begleiter mit falscher Höflichkeit vor Studienrat Äppelgren und der ganzen Klasse und eilten in den Hof.

»Dort!« flüsterte Octopus Scott. »Sie stehen dort bei den Rhododendronsträuchern!«

Sie eilten zum Brunnenpark. Und richtig, dort standen Jim und Slim.

»Pünktlich!« entfuhr es Octopus Scott. »Habt Ihr den Diamanten?«

Jim nickte und zog eine kleine Schachtel aus der Tasche.

»6,8 Millionen, Sir«, sagte er stolz. »Es ist wirklich nett, daß der Chef in eigener Person gekommen ist, ihn abzuholen. In der gestrigen Ausgabe stand, wir hätten den Diamanten an Slogan auszuhändigen. Stimmt da etwas nicht, Sir?«

»Dieser Verräter!« schrie Octopus aufgebracht. »Er versuchte, mich zu betrügen, doch es gelang ihm nicht!«

Bei diesen Worten öffnete Octopus Scott die kleine Schachtel. Da lag der berühmte Koh-Mih-Nor, der Diamant, der in der ganzen Welt gesucht wurde.

Zitternd nahm Octopus Scott das kostbare Kleinod in die Hand und ließ es im Sonnenlicht funkeln. Der Ausdruck höchsten Glücks glänzte auf seinem Gesicht. Es war, als hörte er Slims Stimme gar nicht:

»Und nun unseren Anteil, Sir. Sie haben uns 10 Prozent versprochen. Das macht 680000 aus. Haben Sie so viel bei sich, Sir?«

Octopus Scott fuhr zusammen

»Bei mir? Du bist wohl verrückt! Wir treffen uns morgen früh um zehn Uhr am Hauptbahnhof in Stockholm. Dann zahle ich euren Anteil aus und gebe euch neue Befehle.«

»O. K., Sir.« Octopus Scott schien aus seinem Glücksrausch zu erwachen. Er richtete sich auf, und ein Zug harter Entschlossenheit legte sich um seinen Mund. Er schaute um sich. Kein Slogan, aber auch kein Agaton

Sax! »Ausgezeichnet!« sagte er und rieb sich die Hände. »Agaton Sax hat anscheinend keine Ahnung, daß wir den Diamanten hier in Empfang nehmen sollten. Wahrscheinlich ist Slogan hier irgendwo in der Nähe und wagt sich nicht hervor. Doch wir haben keine Zeit zu verlieren! Schnell zum Flugplatz.« Sie liefen die schmale Bagargatan entlang und glaubten, nicht gesehen zu werden. Einer sah sie aber doch: Agaton Sax. Durch das große Redaktionsfernglas hatte er den ganzen Vorgang beobachtet. Jetzt war es an der Zeit, einzugreifen.

Nun geschah etwas völlig Unerwartetes. An der Ecke Finsnickerigatan und Storgatan tauchten plötzlich drei Männer auf. Zielbewußt gingen sie direkt auf die Verbrecher zu. Einer von ihnen war Polizeiinspektor Lispington von Scotland Yard, der wegen dieses Falles eigens von London hergeflogen war. Das unerwartete Eingreifen des Polizeiinspektors verblüffte Agaton Sax. Aus der anderen Richtung kam eine Schar von Menschen aufgeregt gelaufen und verfolgte die drei Schurken. Voran eine Dame, die ihren Schirm wütend schwenkte und rief:

»Meine Tasche! Er hat meine Tasche weggenommen! Ich habe es selbst gesehen! Es war der sommersprossige Kerl. Dieser gemeine Dieb! Haltet ihn!«

»Jetzt ist alles aus!« rief Charly, und Sandy warf die gestohlene Tasche hastig in ein Kellerloch.

Octopus Scott blickte wild um sich.

»Du Idiot!« fauchte er Sandy an. »Wie kannst du eine Tasche stehlen, die bloß fünfeinhalb Kronen wert ist? Und das, nachdem wir soeben den Koh-Mih-Nor-Diamanten erhalten haben!«

Die Straße war schmal, und es gab keine Ausweichmöglichkeit. Zu beiden Seiten befanden sich nur kleine Häuser, die eine Fassadenkletterei nicht zuließen. Die Einwohner von Byköping liefen aufgeregt hinter ihnen her, denn die bestohlene Dame wurde in ganz Byköping und Umgebung besonders geschätzt. Als die Schurken sich auf diese Weise eingekeilt sahen, blieben Charly und Sandy einen Augenblick wie gelähmt stehen. Doch Octopus Scott gab den Kampf nicht so leicht auf. Er machte einen letzten Versuch, der Gerechtigkeit zu entgehen, und sprang in ein offenes Fenster. Dann schwang er sich zum nächsten Stockwerk, kletterte an der Mauer entlang und versuchte, zum Nachbarhaus hinüberzugelangen; doch die beiden englischen Polizisten waren unmittelbar hinter ihm her. Drei Minuten später hatten sie ihn auf die Straße heruntergeholt, wo ihn Polizeiinspektor Lispington kalt musterte und sagte:

»Und der Koh-Mih-Nor-Diamant, Mr. Scott?«

»Ich weiß nicht, was Sie meinen!«

»Ich meine den Diamanten, den Sie bei sich tragen.«

»Den Koh-Mih-Nor-Diamanten!« erklärte Octopus Scott höhnisch. »Mein Herr, ich glaube, Sie sind im Kopf nicht ganz in Ordnung!«

»O ja. Im Namen des Gesetzes erkläre ich Sie für verhaftet und befehle Ihnen, mir den Diamanten sofort auszuliefern.«

In diesem Augenblick drängten sich der Bürgermeister und der stellvertretende Polizist Rund durch die Menge. Die Verbrecher waren lückenlos umzingelt.

»Ist es wirklich möglich, daß Professor Best eine Einkaufstasche gestohlen hat?« fragte der Bürgermeister bestürzt.

Nun eilte auch Agaton Sax herbei. Polizeiinspektor Lispington zuckte zusammen, und die drei Verbrecher erbleichten.

»Sie sind schon hier, Mr. Sax?« rief Lispington und fuhr triumphierend fort:

»Ich bin wirklich froh, Ihnen Octopus Scott und seine Bande vorstellen zu dürfen. Soeben habe ich sie festgenommen. Es handelt sich um die Bande, die den unschätzbaren Koh-Mih-Nor-Diamanten gestohlen hat!« Und mit furchterregender Stimme wandte er sich an den Anführer der Bande:

»Octopus Scott, liefern Sie mir sofort den Diamanten aus!«

Dieses Gespräch hatte in englischer Sprache stattgefunden. Erschrocken betrachtete der Bürgermeister die drei Männer. Da er nicht besonders gut Englisch verstand, rief er erstaunt aus:

»Octopus Scott? Aber das ist doch Professor Toodleworthington! Hat er auch eine Einkaufstasche gestohlen?«

Stumm und bleich holte Octopus Scott den Diamanten hervor. Dabei rannen ihm die Tränen über die Wangen. Lispington nahm ihn in Empfang und hielt ihn gegen das Licht. Er glänzte so, als könnten die Lichtreflexe dieses kleinen Steines ganz Byköping erleuchten. Lispington richtete sich zu seiner vollen Größe auf. Das war der bedeutendste Augenblick in seiner ganzen Laufbahn. Endlich hatte er Agaton Sax seine Überlegenheit beweisen können – noch dazu in Agatons eigener Stadt. Doch dieser stand unbeweglich und schweigend da. Sein scharfer Blick beobachtete alles. Kein Muskel seines Gesichtes, kein Wechsel in seinem Ausdruck verriet, was er in diesem Augenblick empfand.

Plötzlich wandte er sich an Lispington: »Können Sie mich eine Weile entschuldigen? Ich muß mich um meine Zeitung kümmern, die gleich in den Druck geht. In etwa einer Stunde sind Sie in meiner Redaktion herzlich willkommen.«

»Ich danke Ihnen, Mr. Sax«, sagte Lispington mit ausgesuchter Höflichkeit und einer eleganten Verbeugung.

Agaton Sax eilte nach Hause, ergriff das Fernrohr und stürmte auf das Dach. Von dort konnte er jede Straße, jedes Haus, ja sogar den kleinsten Winkel von Byköping sehen. Er blickte die ganze Volksversammlung, Lispington, den Bürgermeister, Octopus Scott und seine Bande sowie den stellvertretenden Polizisten Rund. Es war klar, daß sich die ganze Stadt um die Verbrecher versammelt hatte. Kein einziger Mensch war in den anderen Straßen zu sehen. Agaton Sax suchte sie genau ab.

Aber dort! Genau das, was er vermutet hatte. Er bemerkte zwei Männer, die raschen Schrittes die Stadt verließen und sich dauernd umblickten, wie in Angst, verfolgt zu werden. Vielleicht suchten sie auch ein Fahrrad oder ein Auto, das sie stehlen konnten. Doch in Byköping gab es nicht viel Fahrzeuge, und die, die es gab, waren sorgfältig verwahrt. Agaton Sax nickte befriedigt. Die beiden Männer waren Jim und Slim. Sie hatten es nicht gewagt, auf den Zug zu warten, und vorgezogen, die Stadt zu Fuß zu verlassen. Agaton Sax legte das große Redaktionsfernrohr weg. Dann eilte er die Stiegen hinunter.

Agaton Sax besaß zwei Motorräder. Er schwang sich nun auf die Beiwagenmaschine und bog mit eleganter Kurve in die Tvärgatan ein. Als er den Törebodaweg entlangbrauste, erblickte er die beiden Schurken. Sie schienen es sehr eilig zu haben und untersuchten soeben ein Fahrrad, das an einem Schuppen lehnte. Man konnte jedoch damit nicht fahren, und so rannten sie wieder auf die Landstraße zurück. In rascher Fahrt hatte sich Agaton Sax den beiden Männern genähert. Sie drehten sich um. Agaton Sax fuhr an ihnen vorbei und winkte ihnen freundlich zu. Dann bremste er scharf und drehte sich um. Wieder winkte er. »Sind die Herren auf dem Weg nach Törebode?« fragte er ausgesucht höflich. Sie schüttelten die Köpfe als Zeichen dafür, daß sie kein Schwedisch verstanden. Nun fragte sie Agaton Sax auf englisch, und sie antworteten ihm, sie seien auf dem Weg nach Stockholm.

»Großartig!« rief Agaton Sax. »Ich will auch nach Stockholm. Darf ich Sie mitnehmen?«

Die beiden Verbrecher, die Agaton Sax nicht erkannten und kaum etwas von ihm gehört hatten, tauschten einen schnellen Blick. Der kleine, rundliche Fremde machte einen außerordentlich liebenswürdigen Eindruck; so nahmen die beiden Schurken die Einladung gerne an. Der etwas kleinere Jim setzte sich hinter Agaton Sax, während der viel größere Slim im Beiwagen Platz nahm. Bei der nächsten Gelegenheit bog Agaton Sax in einen Seitenweg ein, der wieder zurück nach Byköping führte. Aber die Schurken merkten dies rechtzeitig.

»Tut nichts zur Sache, meine Herren!« sagte Agaton Sax. »Ich will nur einen Reservekanister in Pettersons Reparaturwerkstätte abholen.«

Er gab Gas und sauste mit achtzig Stundenkilometer in die Storgatan. Währenddessen überschütteten ihn Jim und Slim pausenlos mit Flüchen. Als er vor dem Gefängnis von Byköping anhielt, richtete er seinen Revolver auf den langen Slim und sagte:

»Slim, gib den Gegenstand her, den du in der Tasche hast. Beeile dich, du weißt, was ich meine. Ich bin Agaton Sax.«

Slim gehorchte, vor Entsetzen gelähmt, als wäre er hypnotisiert. Agaton Sax steckte den Gegenstand in die Tasche und brachte die beiden Männer hinter schwedische Gardinen.

Um drei Uhr nachmittags saß er schon wieder in seinem Redaktionszimmer. Es läutete, und Inspektor Lispington trat ein.

»Ich muß schon sagen, daß Sie Ihrem Doppelgänger außerordentlich ähnlich sehen, Mr. Sax«, meinte er scherzend, als er Platz nahm und seine langen Beine von sich streckte.

Agaton Sax lächelte vieldeutig.

»Und wen halten Sie für meinen Doppelgänger?« fragte er.

Lispington runzelte die Stirn.

»Das ist die einzige Frage, die mir noch Sorgen macht«, gab er zu. »Die Diamanten-Diebe habe ich hinter Schloß und Riegel gebracht – natürlich mit Ihrer Hilfe«, fügte er mit höflicher Geste hinzu. »Aber wer Ihr Doppelgänger ist, weiß ich immer noch nicht. Haben Sie sich selbst schon Gedanken darüber gemacht, Mr. Sax?«

Gespannt sah er diesen an. Lächelnd antwortete Agaton Sax: »Ich habe eine Theorie, ja, sogar mehr als eine Theorie. Ich weiß, wer er ist.«

»Tatsächlich? Und wer ...«

»Das sollen Sie morgen erfahren«, sagte Agaton Sax liebenswürdig.

»Wissen Sie auch ... wo er ist?« fragte Lispington vorsichtig.

»Natürlich.«

Langsam qualmte Agaton Sax an seiner Pfeife. Seine großen blauen Augen ruhten auf Lispingtons langen Beinen. Er berichtete lang und breit, wie er der Bande auf die Spur gekommen war, und die beiden Herren beschlossen, den verhältnismäßig ungefährlichen Slogan aufzuspüren, der jetzt wohl arbeitslos war, weil sich sein Chef und die ganze Bande im Gefängnis befanden.

»Morgen werde ich das Vergnügen haben, Ihnen meinen Doppelgänger zu übergeben«, versicherte Agaton Sax, als Lispington sich erhob und verabschiedete. »Sie wohnen in Algotssons Hospiz? In Ordnung! Hüten Sie den Diamanten gut!«

»Darauf können Sie sich verlassen, ha, ha, ha!« lachte Lispington, sichtlich zufrieden, und ging.

Langsam sank der Sommerabend auf Byköping herab. Um zehn Uhr war es dunkel. Agaton Sax saß in seinem Redaktionszimmer und schrieb. Nur das Tippen auf der Schreibmaschine unterbrach die Stille. Um elf Uhr rief Agaton Sax: »Tante Tilda, bist du da?«

»Ja, ich bin hier«, antwortete sie.

»Kannst du heraufkommen?«

Schon tauchte Tante Tilda in der Tür auf. Sie trocknete sich ihre Hände an der rotgeblümten Schürze ab.

»Ist unten alles in Ordnung?« fragte er.

»Ja, Agaton. Die Suppe steht bereit und wird kalt. Nun kann dieser schreckliche Kerl kommen, wenn er es wagt.«

Zufrieden nickte Agaton Sax. Dann ging er noch einmal die sechs Punkte für die Festnahme durch. Tante Tilda nickte.

»Du kannst dich auf mich verlassen, Agaton«, sagte sie mit einer Festigkeit in der Stimme, die manchen Verbrecher hätte erschauern lassen.

»Ausgezeichnet. Ich nehme an, daß er in einer Stunde hier sein wird.«

Tante Tilda ging ins Wohnzimmer hinunter. Das Ticken der Uhr unterbrach das Schweigen. Allmählich erloschen die Lichter in den Häusern von Byköping. Bald war alles dunkel. Nur in Agatons Redaktionszimmer brannte noch immer das Licht. Er saß in einem tiefen, grünen Redaktionssessel und dachte nach. Um halb zwölf drehte er die Lampe ab. Das Fenster stand offen. Nicht der geringste Windhauch bewegte die Gardinen. Kein einziger Laut durchdrang die Stille. Agaton Sax beobachtete das Fenster. In der einen Hand hielt er einen Revolver, in der anderen eine große Taschenlampe. Er blickte auf seine kugelsichere Armbanduhr mit den Leuchtziffern: 23.48 Uhr. Mitternacht kam heran.

Plötzlich hörte er von der Straße her ein leises Geräusch. Agaton Sax erstarrte. Langsam erhob er sich von seinem Stuhl. Bewegungslos blieb er stehen und lauschte angespannt. Da, wieder dieses Geräusch. Es war wie ein schwaches Klirren – oder knirschte der Kies unter den Sohlen des Verbrechers? Ja, es waren Schritte. Vorsichtig schlich jemand über den Hof und machte vor der Hintertür des Redaktionsgebäudes halt. Dann wurde es wieder still. Agaton Sax strengte seine Ohren bis auf das äußerste an. Doch es herrschte Stille. Er schlich vorsichtig die Treppe hinunter, blieb aber stehen, als er bis zur Mitte gekommen war. Wieder hörte er unten einen Laut. Der Verbrecher führte einen Dietrich ins Schlüsselloch und drehte ihn leise um. Die Tür ging auf. Dann wurde es wieder still. Agaton Sax huschte den restlichen Teil der Treppe hinunter, blieb auf der Diele stehen und lauschte. Plötzlich unterbrach ein entsetzlicher Lärm die Stille. Es klang, als hätte eine Wasserflut alle Dämme durchbrochen. Gleichzeitig vernahm man das vor Wut und Entsetzen halb erstickte Brüllen eines Mannes, und hoch über dieses Brüllen schwang sich Tante Tildas Stimme:

»Ich habe ihn, Agaton, ich habe ihn! Ich habe den Verbrecher, beeile dich!«

Agaton Sax knipste seine Taschenlampe an und rannte, so rasch er konnte. Er sah, was er erwartet hatte: Tante Tilda hämmerte mit voller Kraft auf einen großen Plastikeimer, unter dem der Kopf eines Mannes steckte, an dem kalte Grießsuppe herunterrann. Der Mann focht wild mit den Armen, um sich von dem Eimer zu befreien, und schrie, halb erstickt von der Grießsuppe, die ganz heiß in den Eimer gefüllt worden war.

»Das hast du gut gemacht, bravo, Tante Tilda!« jubelte Agaton Sax. »Tante Tilda, du hast den schlimmsten Verbrecher der ganzen Welt gefaßt, meinen eigenen Doppelgänger!«

Unverständliche Worte, allem Anschein nach in englischer Sprache, drangen aus dem Eimer. Während Agaton Sax mit dem erhobenen Revolver aufpaßte, hob Tante Tilda den Plastikeimer vom Kopf des Mannes. Ein Gesicht, über und über mit Grießsuppe beschmiert, wurde sichtbar. Wütend wischte sich der Mann mit dem Ärmel ab, und nun konnte man erkennen, daß er vor Wut und Zorn beinahe weinte. Kaltblütig betrachtete Agaton Sax sein Gesicht. Plötzlich stieß er einen unterdrückten Ruf der Verblüffung, ja, der Bestürzung aus. Der Mann war Kriminalinspektor Hieronymus Lispington.

»Was, Sie sind es?« rief Agaton Sax.

»Ja, ich bin es«, schnauzte ihn Inspektor Lispington an. »Und was haben Sie, Mr. Sax, zu Ihrer Verteidigung für diesen, gelinde gesagt, unbehaglichen Empfang vorzubringen?«

»Was sagt dieser Bandit?« rief Tante Tilda. »Will er sich etwa herausreden?« Drohend schwenkte sie ihren Eimer.

»Beruhige dich, Tante Tilda. Wir haben uns in der Person geirrt. Das hier ist Inspektor Lispington von Scotland Yard.«

»Was hat der hier mitten in der Nacht zu suchen?« donnerte Tante Tilda. »Ich dulde keinen Doppelgänger in meinem Hause!«

»Er ist nicht der Doppelgänger«, klärte Agaton Sax Tante Tilda auf. Und zu Lispington gewendet fuhr er fort: »Entschuldigen Sie die Grießsuppe, die wir Ihnen serviert haben. Ich erwarte nämlich meinen Doppelgänger. Er wird gleich hier sein. Wollen Sie dabei sein, wenn wir ihn schnappen?«

Inspektor Lispington wusch sich die Grießsuppe ab und folgte dann Agaton Sax ins Redaktionszimmer. Sein Zorn hatte sich inzwischen gelegt, und als Gentleman, der er war, teilte er Agaton Sax mit, warum er sich in das Haus geschlichen hatte: Er sei um Agatons Sicherheit besorgt gewesen und habe anwesend sein wollen, wenn der Doppelgänger auftauchte.

»Ich verstehe«, nickte Agaton Sax. »Wir werden gleich den richtigen Doppelgänger festnehmen. Hören Sie gut zu. Ich lösche jetzt das Licht aus.« Schon lag das Zimmer im Dunkeln, und Agaton Sax senkte seine Stimme zu fast lautlosem Flüstern. »Darf ich Sie bitten, jetzt zu Tante Tilda hinunterzugehen? Ich bleibe hier oben. Dann wollen wir uns in aller Behaglichkeit und Ruhe unterhalten.«

»Wie können wir uns unterhalten«, fragte Lispington flüsternd, »wenn Sie hier oben sitzen und ich dort unten?«

»Das kann ich Ihnen erklären: Wir sprechen nämlich miteinander sozusagen durch die Wand. Ich habe Sprechanlagen und Mikrophone eingebaut. Wenn wir uns unterhalten, dann ist es so, als säßen wir unten gemütlich beisammen.«

Agaton Sax gab Lispington noch ausführliche Anweisungen, worüber sie sich unterhalten wollten. Lispington nickte und ging leise hinunter, während sich Agaton

Sax hinter den Gardinen ans Fenster stellte. Durch ein kleines Loch im Vorhang konnte er den ganzen Raum überblicken. Sein Plan war ebenso einfach wie genial. Da er ein hervorragender Bauchredner war, konnte er seine Stimme so verstellen, daß es klang, als käme sie aus der Wand. Wer sich in das Redaktionszimmer einschlich, fand es nun leer. Wenn aber dieser ungebetene Gast etwa vom Vorhandensein der »sprechenden Wand« wußte, würde er glauben, daß beide Stimmen, die er hörte, unten aus dem Wohnzimmer kamen. So sollte er sich in Sicherheit wähnen und sich reichlich Zeit nehmen, um zu suchen, was er finden wollte.

Plötzlich vernahm er ein Geräusch. Alles verlief so, wie Agaton Sax es vorhergesehen hatte. Unendlich langsam und vorsichtig kroch ein Mann die Feuerleiter herauf.

»Natürlich«, sagte Agaton in unbefangenem Ton. Das war das Zeichen für Lispington, das Gespräch zu beginnen.

»Tatsächlich?« antwortete Lispington ebenso natürlich und gemütlich. »Man sollte das nicht glauben, nicht wahr?«

Der Mann auf der Feuerleiter war stehengeblieben und lauschte.

»Meinen Sie wirklich, daß Slogan nach England zurückgekehrt ist?« fragte Lispington.

»Unbedingt!« erwiderte Agaton Sax. »Vorgestern ist er abgereist. Ein Jammer, daß wir ihn nicht festnehmen konnten.«

»Aber dafür haben wir die ganze Bande erwischt«, meinte Lispington. »Und was das Wichtigste ist: Der Diamant befindet sich in Sicherheit.« Agaton Sax lachte. Der Mann stand nun im offenen Fenster und lauschte dem Gespräch. Als er sah, daß das Zimmer leer war, glaubte er, die Stimmen kämen durch die Sprechanlage. Er schwang sich über das Fensterbrett und schlich leise zum Schreibtisch. Mit einer kleinen, abgeblendeten Taschenlampe leuchtete er ihn ab, öffnete die mittlere

Schublade und untersuchte sie genauestens. Währenddessen unterhielten sich Agaton Sax und Inspektor Lispington auf angeregte Weise. Ab und zu lauschte der Mann, und Agaton Sax glaubte zu erkennen, wie sicher sich der Verbrecher fühlte, in der Gewißheit, daß die Stimmen aus der Sprechanlage kämen. Agaton Sax machte sich nun bereit. Während er scherzend zu Inspektor Lispington sagte, seine Vorliebe für Grießsuppe habe ihn in Erstaunen versetzt, riß er blitzschnell den schwarzen Vorhang zur Seite, hob den Revolver und seine Taschenlampe und rief:

»Hände hoch, Slogan, das Spiel ist verloren!«

Slogan – denn er war es tatsächlich – wandte sich erschreckt um und wurde vom starken Licht der Taschenlampe geblendet.

»Agaton Sax!« rief er erbleichend.

»Ich selbst, in eigener Person! Und Sie – sein Doppelgänger! Als Sie dieses Zimmer zum erstenmal betraten, trugen Sie einen Vollbart. Als ich Sie zum zweitenmal sah, in der Sloane Street Nr. 227 in London, waren Sie als Agaton Sax maskiert. Jetzt sind Sie glattrasiert. Ist das Ihr tatsächliches Aussehen, oder haben Sie noch mehr Masken?«

»Noch viel mehr«, antwortete Slogan mit mattem Lächeln.

»Doch sagen Sie, im Vertrauen, Mr. Sax, wer hat eigentlich die Zeichnung hergestellt und die Codemitteilung in Ihrer Tageszeitung verfaßt? Wie Sie ja selbst wissen, bin ich es nicht gewesen.«

»Mr. Slogan, das war meine Tante, Mrs. Tilda Sax.«

»Ich verstehe«, antwortete Slogan. »Ich habe etwas gegen sie, denn sie war es, die mich damals zum Kaffee einlud. Als ich im Keller wieder aufwachte, war ich von ihrem Gift so umnebelt, daß ich mich als Agaton Sax verkleidete und in die Schule ging. Als ich dort Octopus Scott und seine Bande sah, glaubte ich, zu träumen. Ich verließ die Schule, erwachte aus meinem tranceähnlichen Zustand, maskierte mich anders und las

Frau Tilda Saxens verfälschte Mitteilung. Da wußte ich, daß Jim und Slim die Absicht hatten, Octopus Scott einen falschen Diamanten zu geben. Später wurde mir klar, daß Sie, Mr. Sax, dies auch begriffen und daß Sie Jim und Slim eingefangen und ihnen den echten Diamanten abgenommen hatten.«

»Nun sagen Sie mir eines, Mr. Slogan: Woher nahmen Sie die Idee von den Codemitteilungen? Aus der englischen Ausgabe von ›Wer ist wer in der Verbrecherwelt?‹?«

Slogan nickte.

»Und dann haben Sie Ihre Idee einer der gefährlichsten Verbrecherbanden angeboten, nicht wahr?«

»Wie konnten Sie wissen«, fragte Slogan Agaton Sax, »daß ich heute nacht hierher zurückkommen würde?«

»Das kann ich Ihnen genau sagen, Mr. Slogan. Sie sind außerordentlich intelligent, darum waren Sie völlig überzeugt davon, daß es mir geglückt war, den Koh-Mih-Nor-Diamanten an mich zu bringen. Ihren Gedankengang konnte ich erraten. Was war also natürlicher, als daß Sie herkämen, um mir den Diamanten zu stehlen?«

»Ha, ha«, rief Inspektor Lispington, der in diesem Augenblick ins Zimmer trat. »Hat er geglaubt, der Diamant wäre hier? Nein, ich habe den Diamanten in Verwahrung!«

Stolz holte Lispington den Diamanten aus seiner Westentasche hervor. Er leuchtete und funkelte im Licht.

»Einen Augenblick!« Agaton Sax hob die Hand. »Inspektor Lispington, wollen Sie bitte die Freundlichkeit haben, Slogan abzuführen!«

»Sofort, hier kommen bereits meine Mitarbeiter«, entgegnete Lispington. Zwei Kriminalbeamte packten Slogan und führten ihn in das Gefängnis von Byköping ab.

»Dann ist also die Angelegenheit erledigt«, meinte Lispington und rieb sich die Hände. »Alle Bandenmitglieder sind festgenommen, der Diamant befindet sich in sicherer Verwahrung. Ich danke Ihnen für die gute Zusammenarbeit, Mr. Sax. Ein großer Teil der Ehre kommt Ihnen zu, und ich bin überzeugt davon, daß Sie von den Behörden 100 000 Kronen für Ihre Hilfe bei der Wiederauffindung des Koh-Mih-Nor erhalten werden.«

»Einen Augenblick, Inspektor Lispington«, sagte Agaton Sax. »Darf ich mir den Diamanten einmal ansehen?«

»Natürlich, bitte sehr!«

Lispington überreichte Agaton Sax den Diamanten. Der Chefredakteur drehte den Stein einige Male zwischen den Fingern hin und her. Dann trat er an das Fenster und warf ihn hinunter.

»Mr. Sax! Was tun Sie da? Sind Sie verrückt geworden?«

»Beruhigen Sie sich, Inspektor Lispington! Alles in bester Ordnung!«

»Was wollen Sie damit sagen?«

»Daß der Diamant falsch ist!«

»Wieso falsch?«

»Ja, falsch. Er kostet höchstens sechs Kronen.«

»Unerhört! Wie können Sie so etwas behaupten?«

Inspektor Lispington war bleich geworden und fragte sich ernstlich, ob Agaton Sax plötzlich den Verstand verloren habe.

»Hören Sie genau zu«, sagte Agaton Sax mit fester Stimme. »Jim und Slim haben diesen Diamanten Octopus Scott im Brunnenpark abgeliefert – das konnte ich selbst durch das große Redaktionsfernglas beobachten. Unmittelbar darauf wurde mir klar, daß Jim und Slim einen falschen Diamanten abgeliefert hatten. Warum sollten sie auch den echten hergeben? Octopus Scott ging ihnen sofort in die Falle. Sie, Herr Inspektor, haben Octopus Scott und seine Bande festgenommen. Sie nahmen den Diamanten an sich, den Sie, genau wie die anderen, für echt hielten. Jim und Slim verließen jedoch so schnell wie möglich die Stadt. Ich bin ihnen nachgeeilt und habe sie festgenommen. Hier ist der echte Diamant, den Jim und Slim in Stockholm gestohlen haben und den sie selbst behalten wollten. Ich überreiche ihn Ihnen hiermit feierlich.«

Mit einer kleinen, triumphierenden Geste holte Agaton Sax den echten Koh-Mih-Nor-Diamanten aus der Westentasche. Wie vom Blitz getroffen saß Inspektor Lispington auf seinem Sessel.

»Darf ich Ihnen eine Tasse Kaffee anbieten?« fragte Agaton Sax freundlich, denn Tante Tilda trat mit einem Kaffeetablett ein.

»Ich würde Ihnen gerne geröstete Kastanien anbieten, doch leider haben wir keine im Hause. Kastanien sind meine Leidenschaft. Ich esse sie immer in meinem Hotelzimmer, wenn ich in London wohne.«

Damit verlassen wir die beiden Herren. Es muß nur hinzugefügt werden, daß Inspektor Lispington noch viele Wochen später über den eigenartigen Zufall nachgrübelte, daß beide, Agaton Sax und sein Doppelgänger, mit Vorliebe geröstete Kastanien in ihrem Hotelzimmer essen.

Damit hat Agaton Sax seine Abenteuer mit der *Atom-Cola-AG* und den *Diamantendieben* in seiner unnachahmlichen meisterlichen Art zum Abschluß gebracht.

Aber was geschieht, wenn ein Meisterdetektiv einen Fall aufgeklärt hat? Das ist nicht schwer zu sagen – er übernimmt neue dringende Fälle!

Du kannst sie lesen in den Arena-Taschenbüchern Nr. 1012, 1039, 1144 und 1194.

Kennen Sie das Arena-Programm wirklich?

Arena-Jugendbücher und Arena-Sachbücher berichten spannend und fesselnd aus allen Wissensgebieten. Auf abenteuerlichen Wegen führen sie den Leser durch die ganze Welt. Sie vermitteln den Geist und das Wissen unserer Zeit in lebensnaher, anschaulicher Form.

Auf den folgenden Seiten machen wir den Leser mit einigen Veröffentlichungen des Arena-Verlags bekannt. Wer sich ausführlich über das Arena-Programm informieren möchte, erhält gern das kostenlose Gesamtverzeichnis vom Arena-Verlag, 87 Würzburg 2, Postfach 1124, Talavera 7—11.

Eine anspruchsvolle Science-fiction-Trilogie bei Arena

Eine mehrfach preisgekrönte Science-fiction-Serie
von dem amerikanischen Autor John Christopher:

Unsere heutige Zeit ist längst untergegangen, und
riesige, metallene Dreibeiner beherrschen die Erde.
Sie haben aus den Menschen Automatenwesen gemacht. Dieser Versklavung wollen Will Parker und zwei
andere Jungen entgehen. Ihr Ziel sind die Weißen
Berge, wo die letzten freien Menschen Zuflucht gesucht
und wo die Monster keine Macht haben. Von dort soll
der Kampf gegen die metallenen Ungeheuer beginnen.

Dreibeinige Monster auf Erdkurs
Auf der Flucht vor den außerirdischen Herrschern
der Welt.

Das Geheimnis der dreibeinigen Monster
Als Spion in der goldenen Stadt der außerirdischen
Herrscher.

Der Untergang der dreibeinigen Monster
Der Kampf gegen die außerirdischen Herrscher
der Welt.

Eine Trilogie, die zunächst begeistert, weil man in
einen Spannungstaumel gerät. Aber dann beginnt
eigentlich erst die Wirkung: Diskussion, Nachdenken
und Begreifen. Niveauvolle Science-fiction-Story
voll atemberaubender Spannung!   VJA, Hessen

Jeder Band hat 144 Seiten Umfang und mehrfarbigen
laminierten Schutzumschlag

Preisgekrönte Bücher von Kurt Lütgen

Kein Winter für Wölfe
Deutscher Jugendbuchpreis
»Solche Bücher brauchen wir für unsere Jungen!«
280 Seiten, illustriert   Die Welt
Auch als Arena-Taschenbuch Nr. 1169

Der große Kapitän
Gerstäckerpreis für das beste deutsche Jugendbuch
»Dieses Buch steckt prall voll bunter Abenteuer.«
280 Seiten, illustriert   Düsseldorfer Nachrichten

Nachbarn des Nordwinds
Bestliste zum Deutschen Jugendbuchpreis
»Menschliche Grenzsituationen im Bannkreis des
ewigen Eises werden geschildert.«   Die Zeit
232 Seiten, illustriert

Lockendes Abenteuer Afrika
Bestliste zum Deutschen Jugendbuchpreis
»Lütgen hat ein höchst amüsantes, spannendes und
kluges Buch geschrieben.«   Hamburger Abendblatt
240 Seiten, Karten

Wagnis und Weite
Die Erlebnisse von vier bedeutenden Frauen.
228 Seiten, Karten

Vorwärts, Balto!
Abenteuerliche Geschichten von außergewöhnlichen
Schlittenhunden.   190 Seiten, illustriert

Hinter den Bergen das Gold
Friedrich-Gerstäcker-Preis 1972
Schatzgräbergeschichten von einst und jetzt.
»Der Verfasser weiß, daß die echten Abenteuer meist
packender sind als die erfundenen.«
200 Seiten, illustriert   Literatur-Report

Spannende Bücher des bekannten Friedrich-Gerstäcker-Preisträgers Karl Rolf Seufert:

Und morgen nach Nimrud

Austen Henry Layard auf der Suche nach den verschollenen Palästen Assurs. Layards persönliche Erlebnisse, seine Erfolge und Rückschläge, nach den Quellen erzählt, bilden den Inhalt dieses Buches.
136 Seiten, illustriert, mehrfarb. lam. Schutzumschlag

Ihr Ritt nach Lhasa

Die abenteuerliche Reise von Evariste Huc und Joseph Gabet ins geheimnisvolle Land Tibet.
Die fesselnde Erzählung spiegelt nach Hucs Aufzeichnungen die schwierigsten Etappen einer der abenteuerlichsten Reisen in Tibet.
144 Seiten, illustriert, mehrfarb. lam. Schutzumschlag

Die Schätze von Copán

John Lloyd Stephens entdeckt die Hochkultur der Mayas im Dschungel Mittelamerikas.
Dieser Roman schildert die erste Etappe der beiden passionierten Weltreisenden Stephens und Catherwood, ihren Weg von Belize bis Copán.
136 Seiten, illustriert, mehrfarb. lam. Schutzumschlag

Neunzig Tage bis Harar

Richard Francis Burton gelangt als erster Weißer in eine verbotene Stadt Schwarzafrikas.
Der spannende Roman schildert die gefährliche Reise und jene Tage in Harar, die den Ruhm dieses Afrikaforschers begründeten.
152 Seiten, illustriert, mehrfarb. lam. Schutzumschlag

Das Geheimnis des Lualaba

Das packend geschriebene Abenteuerbuch schildert die schwierigsten Etappen der gefährlichen Entdeckungsreise Henry Morton Stanleys zum Kongo.
136 Seiten, illustriert, mehrfarb. lam. Schutzumschlag

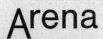

Arena

Spannende Unterhaltung mit Arena-Büchern:
»Arena-Bibliothek der Abenteuer«

Eine Auswahl der wichtigsten und spannendsten
Abenteuerromane der Weltliteratur liegt hier in moderner Gestaltung vor. Die Reihe wendet sich an junge
und erwachsene Freunde der Abenteuerliteratur.

Marjorie Bowen: Der Tyrann von Mailand

Cervantes: Leben und Taten des Don Quijote

Daniel Defoe: Die Abenteuer des Kapitän Singleton

Alexandre Dumas: Die drei Musketiere

A. Dumas: Die neuen Abenteuer der drei Musketiere

F. Gerstäcker: Die Regulatoren in Arkansas

v. Grimmelshausen: Die Abenteuer des Simplizissimus

Jatvigo Linquez: Der Cid

Jack London: Alaska-Kid / Kid und Co.

Herman Melville: Moby Dick

E. A. Poe / J. Verne: Das Rätsel des Eismeeres

Walter Scott: Der Bogenschütze des Königs

H. Smith / H. Höfling: Das Schatzschiff

R. L. Stevenson: Die Schatzinsel

B. Traven: Der Schatz der Sierra Madre

Mark Twain: Tom Sawyers Abenteuer

Mark Twain: Huckleberry Finns Abenteuer

Jules Verne: Der Kurier des Zaren

Jules Verne: Reise um die Erde in 80 Tagen

Jeder Band der preiswerten »Arena-Bibliothek
der Abenteuer« hat 224 bis 576 Seiten und einen
mehrfarbigen Schutzumschlag.

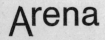
Arena

Unsere neuen Reihen-Symbole erleichtern die Auswahl

Unter diesen Zeichen findet ihr in der Arena-Taschenbuch-Reihe Bände aus euren Interessengebieten:

 Großschrift-Reihe — vierfarbig illustriert

 Tiererzählungen

 Abenteuer — ferne Länder

 Sachbücher

 Indianer- bücher

 Sportbücher

 Rätselbücher — Basteln — Hobby

 Kriminal- erzählungen

 Weihnachts- bücher

 Mädchen- erzählungen

Jedes Arena-Taschenbuch wird durch ein Reihen-Symbol gekennzeichnet.

Ihr begegnet den Zeichen auch auf den drei folgenden Seiten mit dem Verzeichnis aller lieferbaren Arena-Taschenbücher.

Arena-Taschenbücher
modern gestaltet, spannend geschrieben

 Abenteuer — ferne Länder — spannende Erzählungen

1052	J. Verne, Die Reise zum Mittelpunkt der Erde	J E
1163	K. R. Seufert, Karawane der weißen Männer ♛	J M ab 14
1169	Kurt Lütgen, Kein Winter für Wölfe ♛	J M ab 12
1175	Friedrich Gerstäcker, Die Dschunke der Piraten	J M ab 10
1184	J. Verne, Abenteuer auf Chairman	J ab 12
1186	Kurt Lütgen, Allein gegen die Wildnis	J M ab 12
1190	Herbert Kaufmann, Roter Mond und Heiße Zeit ♛	J E
1202	Franz Braumann, Die schwarzen Wasser ♛	J M ab 12
1213	Kurt Lütgen, Das merkwürdige Wrack	J E
1228	Herbert Tichy, Das verbotene Tal ♛	J M ab 12
1237	Hugo Kocher, Der Schatz auf der Kokosinsel	J M ab 10
1240	Heinz Straub, Die Pirateninsel	J ab 12
1258	F. Hetmann, Von Trappern und Scouts	J E
1262	L. Ugolini, Im Reiche des Großkhans	J M ab 12
1264	N. Kalashnikoff, Mein Freund Yakub	J M ab 12
1267	H. Kaufmann, Des Königs Krokodil ♛	J E
1274	F. Hetmann, Goldrausch in Alaska	J M ab 12

 Kriminalerzählungen

1012	N.-O. Franzén, Meisterdetektiv Agaton Sax I ♛	J M ab 10
1025	N.-O. Franzén, Meisterdetektiv Agaton Sax II ♛	J M ab 12
1039	N.-O. Franzén, Meisterdetektiv Agaton Sax III	J M ab 10
1087	Jo Pestum, Der Kater spielt Pik-As	J M ab 12
1118	Jo Pestum, Der Kater und die rote Katze ♛	J M ab 12
1144	N.-O. Franzén, Meisterdetektiv Agaton Sax IV	J M ab 12
1156	Jo Pestum, Wer schießt auf den Kater	J E
1172	W. Buchanan, Das Schloß mit den Geheimgängen	J M ab 12
1179	Roy Brown, Die jungen Detektive ♛	J M ab 10
1192	Ann Sheldon, Linda und die Diamantenschmuggler	M ab 10
1193	Jo Pestum, Der Kater jagt die grünen Hunde	J M ab 12
1194	N.-O. Franzén, Meisterdetektiv Agaton Sax V	J M ab 10
1207	Howard Pease, Wind in der Takelung	J M ab 12
1217	Heinz Straub, Gefährliches Wissen	J M ab 12
1221	Howard Pease, Das Geheimnis der Maske	J M ab 10
1229	Mark Twain, Detektiv am Mississippi	J M ab 10
1236	Howard Pease, Schiffbruch in der Südsee	J M ab 12
1244	Howard Pease, Schiff ohne Mannschaft	J M ab 12
1259	Willi Wegner, Tödliche Oliven	J M ab 12
1268	J. Aiken, Verschwörung auf Schloß Battersea	J M ab 10

♛ = ausgezeichnetes oder bes. empfohlenes Arena-Taschenbuch

Großschrift-Reihe, vierfarbig illustriert ■
Märchen und Kindererzählungen

Weihnachtsbücher

Tiererzählungen